徳間文庫

卒業旅行

赤川次郎

徳間書店

目次

プロローグ　5
1　再会　8
2　沈黙の家　20
3　苦痛　32
4　靴　42
5　バーコード　52
6　ボーイフレンド　61
7　破産　71
8　キャンパス　83
9　暗黒　96
10　ネズミ狩り　109
11　すれ違う思い　121
12　裏切りの報酬　130
13　急流　144
14　代理人　161
15　単位　172
16　襲ってくる闇　187
17　休息　198
18　変身　210
19　不運　220
20　来週へ　233
21　旅行　246
22　温泉　262
エピローグ　282

プロローグ

手帳を開いたのは、偶然だった。

──デートの帰りは、いつもたいていもっと遅くなる。

でも今夜は……。

加奈子(かなこ)は、彼との間に冷たい風が吹き始めていることに気付いていた。食事のときから、何となく気まずい沈黙が多くて、その後ホテルへ入っても少しも燃えなかった。

いつもなら、すんだ後でも、

「泊って行こう」

と、彼の方が言って、

「帰るだけ帰らないと、うちでうるさいから」

と言う加奈子と、毎回同じやりとりをくり返すのだが、今夜は違っていた。

「明日早いんだ」

と、彼が早々と服を着て、「先に行くよ」

と、加奈子がシャワーを浴びるのを待たないで出て行ってしまった。

次の約束もせずに別れるのも初めてで、もしかすると、もう連絡して来ないかもしれない、と加奈子は思った。

そんなわけで、夜の九時前には地下鉄に乗って、家路についた加奈子だったが……。

「――今日だったんだ」

座席に落ちついて、明日の土曜日、何か予定ってあったかしら、と手帳を開いてみた。最近は、PHSやEメールで連絡し合うことが多くて、手帳なんかあまり見なかった。久しぶりに開いた今週のページに、〈卒業旅行打ち合せ〉という、自分の読みにくい字を見て、初めてそんなことがあったんだと思い出した。

「金曜日の八時……」

腕時計を見ると、八時五十分だった。――待ち合せは、大学に入りたてのころ、よく集まったイタリアレストラン。ピザやスパゲティを分け合って食べた、あの店はまだあるんだろうか?

ふと地下鉄の駅名を見ると、ちょうどそのレストランに一番近い駅へ着いたところだった。

反射的に、手帳を手に持ったまま加奈子はホームへ飛び出していた。

ドアがすぐ閉り、電車が動き出す。

ふと目がさめた気分で——。

「卒業旅行なんて……」

大学の四年間で、何て色んなことが変ってしまったことだろう！

でも——でも、もしかして——。

加奈子は、地下鉄の駅から足早に階段を上って、通りへ出ていた。

一月の末、寒さの厳しいころである。

都心とはいえ、風の冷たさは変りない。——彼との間だけに北風が吹いているわけではなかった、と思って苦笑した。

あの店。——そうだ。あのレストランだ。

加奈子は、レストランの前に立って、ためらった。

来ているわけがない。みんな、加奈子に会いたくないだろう。

でも……ここまで来て帰る？　それなら、ちょっとだけでも中を覗いて……。

迷いに迷って、沢田加奈子は、レストランの扉を押していた。

チーズの焼けた匂い。それは一瞬の内に加奈子をあのころに連れ戻した。でも、やはり誰も来ていない——と思ったとき、

「加奈子！　遅いよ！」

と、奥の席から元気な声が飛んで来たのだった。

1　再会

「じゃ、ピザの追加ね」

と、かおるがメニューを見て言った。

「ちょっと！　こっち！」

週末で、混雑する店内でも、かおるの声はよく通った。

「相変らずね、かおるは」

と、友江(ともえ)が笑う。「その元気、少し分けてよ」

「百グラムいくらで？」

と、かおるが言い返す。「いいよ、分けても。その代り、列車代、持て」

「ともかく、ワイン飲もう」

加奈子は、胸が熱くなっていた。

「最近ワインなんて飲まないな」

と、かおるが言った。「日本酒専門。何せ米どころだからね」

「そうか。——どう、向うの暮し？」

と、加奈子は訊いた。

「楽しいよ。ま、二十四時間オープンのコンビニはないけど、レンタルビデオの店もちゃんとあるし」

南村かおるは、大学でもいつも「一番にぎやか」な存在だった。今も少しも変っていないのが、ふしぎと言えばふしぎだった……。

「でも、よく出て来られたわね」

と、友江が言った。

「親友との約束を忘れるかって！　一年生のとき、四人で誓ったんじゃない。四年生の一月のこの日、卒業旅行の打ち合せをするんだって」

「憶えてたんだ……。嬉しいわ」

加奈子は、ほとんど涙ぐんでさえいた。

「加奈子ったら、老け込んじゃったんじゃない？　そんなに涙もろくなって」

と、かおるが笑う。

「加奈子とかおると……。これで、由紀子が来れば、四人揃うのにね」

伊地知友江は言った。

Ｋ女子大に一緒に入った四人。——四年生の今、Ｋ女子大に通うのは、加奈子と伊地知友江の二人だけである。

「――由紀子、何してんの、今?」

と、かおるが言った。

「働いてる。――最後に会ったときは、スーパーのレジにいたけど……」

と、友江が言った。「ね、加奈子、スパゲティ、半分食べない?」

「あ……。うん、もらおうかな」

お腹が空いているわけではない。彼氏と食事はしていたのだから。

でも、昔のように「分けて食べる」ということが、嬉しかった。

「由紀子は来ないだろうな」

と、かおるが言った。「それどころじゃないだろうしね」

「卒業旅行っていっても、由紀子もかおるも中退だから……」

「友江、やめようよ、その話」

と、加奈子が言った。「今夜、こうして会えただけで嬉しい」

「うん……」

「あら、何よ」

と、かおるが口を出して、「卒業旅行、やるんでしょ? 行こうよ! 私も仕事休んで行くつもりよ」

「休めるの？」

「馬鹿にしないでよ。こう見えても、いてもいなくても同じなんだから」

「変な自慢」

と、加奈子は笑ってしまった。

「じゃあ……三人だけでも行くか」

と、友江が言った。「遠出しなくてもね。どこか手近な温泉とか」

「温泉か！　いいなあ」

かおるがウットリと、「一年生のときの話だとさ、確かヨーロッパ旅行じゃなかった？」

「そうだった。〈ロマンチック街道を行く！〉って旅にしようと言って……」

加奈子も思い出していた。

「この間、あのときみんなで『このコースがいい！』とかって盛り上ったパンフレットがね、引出しの奥から出て来たの」

と、友江が言った。「それを見て思い出したんだ、今日のこと」

「あれから、もう四年近くもたつんだね」

と、加奈子は言った。

何となく、かおるも黙ってしまい、三人のテーブルは静かになった。

加奈子は、ほとんど無意識の内に、かおるの方へ向って、

「ごめんね」

と、頭を下げていた。「本当に、ごめん」

「加奈子……」

かおるが加奈子の腕をつついて、「よしてよ、ねえ。——加奈子が悪いなんて、誰も思ってないよ」

「でも、うちの父が……。あんなことさえしなかったら……」

「仕事だったんだもん。仕方ないよ」

「そうよ、加奈子」

と、友江が肩に手をかけて、「友情には関係ない。そうでしょ？ 親たちは親たちよ」

「でも、そのせいで、かおるも由紀子も、大学を中退しなきゃいけなくて……。私、父を恨んだわ」

加奈子はそう言ってから、「いいえ、今でも恨んでる。あれから何カ月か、口もきかなかった。今はそんなことないけど……」

「加奈子のお父さんだって、苦しんだよ、きっと」

かおるの言葉に、加奈子の目から大粒の涙が落ちた。

「いやだ。湿っぽいの、よそうよ」

と、かおるがワイングラスを空けた。「さ、飲んで騒いで——」

「かおるの方が変ってるのよ」

と、友江が苦笑した。

「でもね、やっぱり知らんぷりして、温泉に浸ってるわけにはいかないと思うんだ。私、今は父と話もするけど、でも心を開いてないもの。もう父は私にとっては他人」

加奈子はそう言ってから、「——その父のお金で大学へ行き、アルバイトもせずに遊んでるんだから、勝手と言われりゃそうだけど……」

「自分をいじめないで」

と、かおるが加奈子の手を握った。「私が泣かせたみたいじゃないの。男ならともかく、女を泣かせたなんて、自慢にもならない」

「ごめん……。ピザがさめたね」

加奈子はハンカチを出して、涙を拭くと、「私、今日、振られるって分って、落ち込んでたの。だから、二人に会って余計にセンチになってるのかも」

「加奈子を振る？　例の彼氏？」

と、友江が訊く。

「うん……。何だかよそよそしくて」

加奈子は、自分のワインを飲んで、「恋人なんかより友情だ！」

「そうだ！」

と、かおるが力強く肯く。「食べよう！」

明るい笑いが復活した。

「――由紀子がいればなあ」

と、かおるが言った。

「由紀子にこそ、謝らなきゃいけないのよね、私」

「そうね……。うちの親父は、少なくとも生きてるし……」

と、かおるが言ったときだった。

友江が思わず腰を浮かして、

「ね、あれ――。あれ、由紀子だ！」

と、上ずった声を出した。

まさか、と振り返った加奈子の目に、レストランへ入って来て、三人のテーブルへと真直ぐにやってくる足立由紀子の姿が映った。

幻？　いえ、本当だ。本当の由紀子だ。

ハーフコートにショルダーバッグを提げた由紀子は、そのテーブルまで来ると、

「遅れてごめんね」

と言った。「スーパーの遅番なんで、急いで出て来てもこんな時間なの」

「由紀子！」

少し芝居がかっていたかもしれないが、加奈子は立ち上って、旧友を抱きしめていた……。

「――じゃ、由紀子も行くの？」

と、かおるが言った。

「でなきゃ、ここへ来ないわよ」

由紀子は、一人、「お腹が空いた！」と言って、大盛りのスパゲティを平らげてしまった。

「――嬉しいわ！　四人がここにちゃんと集まるなんて、夢みたい」

加奈子が目を潤ませながら言った。

「大げさなんだから、加奈子は」

と、由紀子は笑って、「――親は親、子は子よ。そうでしょ？　親が敵同士だからって子供まで仲が悪くなるなんて、馬鹿らしいじゃないの」

「それはそうだけど……」

「加奈子の立場は分るよ」

と、かおるが口を挟んだ。「ね、だから四人でのんびり温泉に浸って、思うままを話そうよ」

「賛成」

と、友江が手を上げた。「具体的な話に入らない？　どこへ、いつ行くか」

「大学はもう授業も全部終ってるから、私たちはいつでも都合つけるわ。かおると由紀子の都合で決めて」

「では――」

と、かおるが手帳を取り出す。「デートのない日を選ぼうとすると大変だ」

と、真面目くさって、

「うーん……。どこもふさがってない！」

かおるの言葉に他の三人が大笑いし、みんなして手帳を出して突き合せるという場面が続いた。

「――ＯＫ。それじゃ、少し早いけど、二月の十日からね」

と、友江が言って手帳に書き込む。

「手配は私がやるわ」

と、加奈子がメモを取る。「列車、旅館。――懐しいなあ。こんなこと、久しぶりだわ」

「あの……」

ウエイトレスが、いつの間にやらテーブルのそばに立っていて、「ラストオーダーになりますが……」

「あ！　こんな時間！」

と、かおるがびっくりして、「まだ早いと思ってた」

加奈子もびっくりした。もう十二時近いのだ。

後は電話で打ち合せることにしたが、

「私んとこ、電話つないでもらえないんだ。私の方から加奈子にかけるよ」

と、かおるが言った。

「私はＰＨＳにかけて」

と、由紀子が言った。

番号を聞いてメモし、加奈子は、

「今日は私に出させて！」

と言った。「お願い！　いいでしょ？」

「仕方ない。出させてやるか」

と、かおるが言った。

加奈子は、みんながすんなりと自分の気持をくんでくれたことに感謝した。

わざわざ東京へ出て来たかおる。スーパーで働く由紀子。どっちも余裕のある暮しをしているはずはない。

――外へ出て、かおるは地下鉄へ、友江はＪＲの駅へと別れて行き、

「――由紀子。タクシーで送ってもいい？」

「だめよ。私は歩いて帰れるの」

「この近く？　こんな都心にいるの？」

加奈子は、気にかかっていたことを口に出した。「お母さん、お元気？」

「まあ、何とかね」

と、由紀子は目を伏せて、「そりゃ、しばらくは落ち込んでたけど、今は元気で働いてるわ」

「そう……。気になってたの」

「そうだと思ってたわ」

由紀子は加奈子の肩を叩いて、「仕方ないわよ。人生って、色んなことがあるもの」

「慰められてちゃだめね」

加奈子は、由紀子の手を握った。「柔らかい手。――変らないね」

「そうよ。加奈子が心配してるほど、苦労してたわけじゃない。安心して」

「でも……。お父さんが亡くなったときは、ショックで……」

「もうやめて」

由紀子は、加奈子の唇に指を当てて、「またね！」

「うん」

由紀子は足早に立ち去って行き、途中、チラッと振り向くと、投げキッスをした。

加奈子は笑った。

——学生時代、別れ際によくああして投げキッスしたものだ。

加奈子は、幸福な気分だった。彼に振られそうで、落ち込んでいた自分が、嘘のようだ。

由紀子の姿が見えなくなってもなお、しばらく加奈子はその場から動かなかった。「幸せな場所」から動くと、幸せがどこかへ行ってしまいそうな、そんな気がしていたのである。

木枯しの吹きつける寒さにやっと気付いて空車を拾ったのは、十五分近くもたってからだった……。

2　沈黙の家

「こんな時間まで、どこにいたの？」

帰るなり、母親が加奈子の顔を見て、そう言った。

「外よ」

「当り前でしょう」

当り前。——当り前。

当り前のことを求めるのなら、当り前の家庭であってほしいわね。

「友だちと会ってしゃべってたのよ」

二階へ上りかけて、居間からＴＶの音が聞こえているのに気付くと、足を止め、

「お父さん、帰ってるの？」

「ええ」

母、弓子（ゆみこ）が目をそらした。「明日から出張で、早いんですって」

「出張の仕度までは、彼女、してくれないんだ」

と、加奈子は笑って言った。

「お友だちって、男の人？」

弓子が話を戻そうとした。

「違うわ。——お母さんも知ってるわよ」

「伊地知さん？」

「友江もいたけど、他にもね、かおると由紀子」

「——かおるって……」

「南村かおる。それと足立由紀子。お母さんはもう憶えてないかもね」

「憶えてるわよ。でも……どうしてそのお二人に？」

「卒業旅行の打ち合せよ」

と、加奈子は言って、「じゃ、部屋に行くわ」

上りかけると、

「加奈子、——お帰り。遅いな」

父、沢田智広が居間から出てくる。

「お帰り。珍しいね」

と、加奈子が言った。

「色々忙しいんだ」

「彼女はお元気？」

「加奈子……」

と、弓子がたしなめるように言った。

「別に何も言わないよ。お母さんの亭主なんだからね」

沢田智広は苦笑して、

「口は達者だな」

「体だって達者よ。楽してるもの」

「今——足立といったか？」

「ええ。足立由紀子と会ったの」

「そうか」

「安心して。元気で働いてるわよ。スーパーの遅番ですって。K女子大は中退したけどね。それに、南村かおるとも会ったわ」

「元気なら結構だ」

と、沢田は言った。「早く寝ろよ」

居間へ父が戻って行く。

「——加奈子。もうあのことをむし返すのはやめて」

と、弓子が言った。「お父さんだって、辛い思いをしたのよ」

「そのおかげで取締役になったのに？　取締役になったおかげで彼女もできたし」

「もう沢山」

と、弓子が顔をそむける。

「こっちこそ、沢山よ」

と、加奈子は言った。「でもね、由紀子はもっと辛かったわ。それだけは確かよ」

加奈子は階段を上って行った。

――弓子は、居間を覗いた。

夫がＴＶを見ている。

「あなた……」

「放っとけ。加奈子にも、いずれ分る」

「ええ……。明日、何時に起せば？」

「七時に起してくれ。八時に迎えの車が来る」

「分りました。出張は三泊ね」

「うん」

沢田智広は、一度も妻と目を合せようとしなかった。

「――沙織(さおり)さんは、どうですか」

と、弓子が訊く。「つわりはない？」

「時々あるようだが、そうひどくはない。――寝たり起きたりしてる」

「あんまり太り過ぎないようにした方が」

「そう言っとく」

弓子は、しばらく黙って立っていたが、やがて無言のまま立ち去った。

沢田の手の中で、ＴＶのリモコンが汗で滑った。

俺は――俺は、いつになったら、あの悪夢から解放されるのか。

いや、今、取締役という地位にいて、この新しい広い家に住み、馬渕沙織という若い愛人を持っている。――どれもが、あの「悪夢」から生まれたものなのだ。

そのすべてを手の中に握りしめたまま、悪夢にだけ消え去ってくれと願うこと自体、虫のいい話だ。

といって――どうすればいい？

伊地知、南村、足立……。

同僚として何十年も共に働いた仲間たち。

その四人の娘たちが、たまたま同い年で、しかもＮ工業の社宅の近所同士だった。

「同じ大学に入ろう！」

四人の娘たちは、少女らしい友情のこだわりで、頑張ってかなり難しいことで知られるＫ女子大へ合格した。

四人の娘たちが、手を取り合って歓声を上げていたのが、つい昨日のことのようだ。

昨日のこと？——いや、あれはもう永遠のように遠い昔のことだ。

あのときの四人の娘たちには、どんな不運も不幸も、つけ入る隙がないようだった。

しかし——現実はそんな夢をいつまでも見させてはくれなかった。

たった四年。——たった四年。

K女子大に通っているのは、加奈子と、伊地知友江の二人だけ。残る二人は、大学をやめて去って行った……。

「俺のせいじゃない」

と、沢田は言った。

自分に向って、言い聞かせるように言ったのである。

「俺が何をしたというんだ……」

俺は——俺は、与えられた仕事を忠実にこなした。それだけだ。

「——あなた」

と、弓子が居間に顔を出した。「お風呂へ入ったら？」

「ああ……。入ろうか」

TVをリモコンで消すと、「——加奈子、卒業旅行へ行くとか言ってたか？」

「ええ……。あの四人で行くそうよ」

「足立のとこの子も、南村の子もか」

「そう言ってたけど……。まさかだめとも言えないでしょう」

「ああ。いや、構わないじゃないか。あの四人が、今でも仲良くしてられるとしたら、それはそれで結構な話だ。そうじゃないか?」

「ええ。でも——本当に行けるんでしょうか。足立さんなど……」

「行くというのに水をさすことはない」

「そんなつもりはありませんけど」

と、弓子は言った「お風呂に……」

「分った」

沢田は、弓子が姿を消すと、居間の電話を取って、ダイヤルボタンを押した。

「——もしもし」

「沙織か」

「他の子がいたらびっくりでしょ」

と、馬渕沙織は笑って言った。「どうしたの?」

「いや、大丈夫かと思って……。気分はどうだ」

「食欲があって困るわ。なまじマンション出ると、すぐ目の前がコンビニっていうのも問題ね。何か食べたくなると、つい出かけてっちゃう」

「あまり食べすぎると、後で大変だそうだぞ。気を付けろ」

「うん、分ってる」

沙織は、娘の加奈子より五つほど年上だが、口のきき方は少女のようだ。

「明日、寝坊しないでね」

「ああ、迎えを早めに呼んである」

「三日間ね。帰ったら、こっちへ戻るんでしょ？」

「うん、そうする」

「そうしてね。いやよ、そっちへ先に帰っちゃ」

と、沙織は言った。

「そんなことで怒るなよ。のんびりしてないと、お腹の子に悪いぞ」

「何が悪いか、母親の私が一番よく知ってるわ」

「――そうだな」

「この子が生まれるまでどうしても仕方のない時以外は、私の所へ帰って。苛々して待つのはいやよ」

沙織は強くなった。――沢田と関係ができたころ、そして妊娠したと分ったころは、神経質でよく泣いて沢田は途方にくれたものだが、何カ月かの間に、見違えるように強くなった。

それは「自分が責任を負わねばならない一つの命」を抱えているせいでもあったろう。

今ではその強さにやや閉口しつつ、沢田はその反面、ホッとしてもいたのである。

泣かれるよりは、わがままを言われる方がいい。

「まあ、用心しろよ」

「出張先から電話してね」

「ああ。必ずかける」

少し間があって、

「大好きよ」

と、沙織は囁くように言った。

それは沢田の耳を、遠い青春の名残りの響きでくすぐった……。

――弓子は居間を出た所で足を止め、夫が電話で話すのを聞いていた。

五十を過ぎた夫が、娘のように若い女と……。

もともと遊び好きな夫なら大して気にしないだろう。沢田はそういう男ではなかった。

馬渕沙織という部下の女性と深い仲になっていると知ったときには、もう沢田は引き返せない所まではまり込んでしまっていた。

マンションを借りてやり、女は身ごもる。

まさか……。五十近くになって、こんな思いをすることになろうとは。

弓子は、夫が笑って電話に向ってキスの音を聞かせているのを後に、そっと居間から離れたのだった……。

そのころ、二階では加奈子も電話で話していた。

「今夜はごめんよ」

と、冷淡だった彼氏からだが、加奈子の方の心境は、別れたときと一変していて、

「いいの。おかげで凄(すご)くいいことがあったのよ」

と、浮き浮きしているので、向うが面食らっていたが、

「――実は、今日会ったとき、切り出そうと思ってたんだけど……」

「別れたいの？　いいわよ、別に」

「――あ、そう」

「私も、少し男の人から離れてみたいと思ってたの。ちょうど良かったわ」

「そう……。それなら――」

「いいタイミングだったね！　じゃ、お元気でね」

「うん。君も……」

呆気にとられている相手の顔が目に見えるようだったが、この彼氏のことは、アッという間に頭から消えて行った。

今の加奈子は、かおるや由紀子と再会したことで胸が一杯なのだった。

友情。——こんなにすてきなものを、どうして忘れていたんだろう。

つまらない男と付合って、むだな時間を過すことを考えたら、あの四人が集まって得られたものは、何十倍も大きい。

PHSが鳴った。

「——はい」

と、出てみると、

「加奈子？　由紀子よ」

加奈子は胸がときめいた。——もしかしたら、本気で（？）由紀子のことを「愛して」いるのかしら、などと思ったくらいだ。

「今夜はごちそうさま」

「何言ってるの。由紀子に会えて、本当に嬉しかった」

「何か——お宅で言われなかった？」

と、由紀子が言った。「私と会ったこと、しゃべった？」

「もちろん。隠すようなことでもないでしょ」

「お父さん、気を悪くされてない？」

「そんな……。うちの父、今日は久しぶりに帰って来たの」

「え？」

「会社の部下の若い女性と暮してて……。子供が生まれるみたい」

「——そうなんだ」

由紀子が意外そうに、「凄く真面目な人だったわよね」

「二十七だかの女に、マンション借りてやるくらい、真面目なのよ。お母さんも何も言わない。——どうなっちゃうんだか」

「そう……」

「由紀子。——また会えるよね！」

と、加奈子は言った。

それは、心からの熱望の叫びだった……。

3　苦痛

「誰と会ったって？」

父の鋭い語気に、友江はちょっとびっくりして足を止めた。

「誰って――加奈子たちよ。沢田加奈子」

友江は、加奈子の名しか出していない。――それなのに、なぜ父、伊地知肇が神経を尖らしているのか、分らなかった。

「沢田さんの娘か。――今でも付合ってるのか」

「だって、同じ大学だし……。お父さんだって、同じ会社にいるんじゃないの」

「それはそうだ。だがな……」

伊地知はそう言いかけて、「まあ……別に構わんが、あちらは取締役のお嬢さんだ。お前は、相変らず社宅暮しの課長の娘だぞ。それを忘れるな」

「何よ、それ。――加奈子だって私だって、昔とちっとも変ってないわ。変ってるのはお父さんの方よ」

伊地知は、夕刊に目をやって、

「もういい。——加奈子さんに何か用だったのか」

「卒業旅行に行こうって、その打ち合せしてたの」

「卒業旅行？」

「近くの温泉よ。——構わないでしょ？」

伊地知は、娘を見た。

「二人だけか？　他にも誰か行くのか」

友江は、ここで南村かおるや足立由紀子の名を出したら、父がどう反応するか想像がつかなかったので、

「うん、二人よ」

と、答えた。

「そうか」

伊地知は肯いて、「行って来い。——失礼のないようにしろよ」

友江は戸惑いながら、自分の部屋へと入って行った。

——母は、旅行中だ。このところ、同年輩の奥さんたちとよく旅行に出ていた。

友江は、服を脱いで、そのままバスルームへ行ってシャワーを浴びることにした。

夜遅い入浴は、下の部屋から苦情を言われるので、できるだけ避けているが、シャ

ワーぐらいならいいだろう。

——友江にしても、加奈子が取締役の娘だということを、忘れているわけではない。

けれども、この社宅に入ったころ、四人の父親たちは、みんな同じような役職で、住んでいる部屋の広さも似たようなものだった。お互い、遠慮もなく、互いの家を行き来して、「まるで家が四軒あるみたい！」と、かおるなどはしゃいでいたものだ。

母親同士も仲が良く、多少趣味は違っていても、親しい付合いをしていた。

それが……。

大学の四年間に、こんなにもバラバラになってしまうなんて。

一体誰が想像しただろう？

忘れたくても、加奈子は真新しい豪邸に住み、友江はずっと同じ社宅。

そして、社宅にさえいられなかった、かおると由紀子……。

でも、今夜四人が集まったのは奇跡のようなものだ。——卒業旅行。かおると由紀子にとっては、「幻の卒業」のための旅なのである……。

マンションへ帰ると、

「——由紀子？」

「そうよ。——お母さん、どこ？」

「台所よ」

由紀子は、バッグをソファへ投げ出すと、

「先に寝てればいいのに。何してるの、こんな時間に？」

母、早苗(さなえ)は、忙しく立ち働いていた。

「お弁当、お弁当。──今からやっとかないと、明日の朝、間に合わないわよ」

「そうね。──手伝おうか？」

「いいわよ。疲れたでしょ。早くおやすみ」

──足立早苗は五十歳だが、髪の白さが目立って、老けて見える。

「お母さん。少し旅行に行って来たいの。いい？」

と、由紀子は訊いた。「私、いない間、ほんの三日くらいだけど、病院に入っててくれる？」

早苗はガスの火を消して、

「──これでよし、と」

額(ひたい)の汗を拭くと、「病院？　どうしてお母さんが病院に行くの？　どこも悪くないわよ！」

「分ってるけどさ。──久しぶりで先生にも会いたいでしょ。お友だちも喜ぶわよ」

「あそこの人たちはね、すぐ甘えるのよ、人に。お母さん、嫌いだわ」

と、早苗は顔をしかめて言った。「ね、由紀子、お父さんがちゃんと目覚しかけてるかどうか、見てくれる？　よく忘れるのよ、最近」

「うん……」

由紀子は、奥の部屋へ入ると、深々と息をついた。

電話が鳴る。——由紀子は急いで出た。

「はい」

「今ごろまで何してたんだ」

不機嫌な声が飛び出してくる。

「すみません。友だちと会っていて、つい……」

「何時だと思ってる。すぐ来い」

「はい、今すぐ——」

電話は切れた。

由紀子は、台所の母へ、

「ちょっと出てくる」

と、声をかけた。「もう寝ててね」

「分ったわ。——今ごろから何の用？」

「仕事よ。忙しいの、記者の仕事は」

「大変ね。体、こわさないで」

「うん……」

由紀子はバッグを手に、部屋を出ると、鍵をかけ、エレベーターで二階上へと上って行った。

五階で降りると、由紀子は足早に廊下を急いで、〈505〉のドアを開けた。

「――遅くなって、すみません」

由紀子は急いで上ると、居間のソファにバスローブ姿で座っていた、太った男へと頭を下げた。

「気ままに遊んでちゃ困るぞ。ちゃんと手当は出してるんだ。それだけのことはしてもらわないと」

「はい」

「風呂だ」

寺田良介(てらだりょうすけ)は、重い体を波打たせるようにして立ち上ると、バスルームへと歩いて行った。

由紀子は急いでバスマットを敷き、中へ入ってバスタブにお湯を入れ始めた。

お湯の熱さを、指の先を浸してみている由紀子を、寺田が後ろから抱きしめた。

「社長さん……。待って下さい。――今、すぐ仕度しますから……」

寺田の大きな手が由紀子の胸のふくらみを握って、由紀子は痛みに唇をかんだ。

「そのままでいい。——時間がむだだ」

「服が……」

「乾くまで待ってから帰ればいいだろ」

寺田が太い腕に由紀子の体を抱え上げ、バスタブの湯の中へとそのまま入って行った。

「お願い……破らないで」

由紀子の声は、バスタブを満たしていく湯の音で消されていた。

「俺が買ったんだ。文句言うな」

寺田が由紀子のブラウスを引き裂いた。

由紀子は、頭からまともにお湯を浴びながら、寺田のせっかちで乱暴な手で体中を探り回された。

「——男と会ってたのか」

「違います」

「正直に言え！」

「大学の友だちです」

「男だったんだろう？」

「女の子です。——みんな女の子です」

「怪しいもんだ」

「本当です……」

「もし、他の男に身を任せたら、お前も母親も、このマンションから放り出してやる」

寺田は笑った。「濡（ぬ）れたままで、この寒さの中へだ。さぞ冷えるだろう」

——寺田良介は、由紀子が働いているスーパーの社長だ。

支店の視察に来たとき、寺田が好奇心を見せて自分を眺めたのを気付いていた由紀子は、自分から寺田へ会いに行った。

母、早苗は、入退院をくり返し、由紀子のスーパーでの稼ぎでは、とても費用が払い切れなかった。

由紀子は、

「私を買って下さい」

と、寺田に頼んだ。「母と二人で食べていけるだけの収入が必要なんです」

必死だった。

父の死を、母は決して受け容（い）れようとしない。——入院しても、良くなるわけではなかった。

しかし、この都心のマンションでの暮しは、早苗を喜ばせているようだ。それが由紀子にとっては救いである。

スーパーでの仕事は続けていた。寺田の払ってくれる手当は、マンションの家賃と食費で消える。

同僚の内でも、由紀子と寺田のことは知れ渡っているので、誰も口さえきいてくれないが、そんなことは大して苦にもならなかった。

しかし——週に二、三度はこうして寺田の思いのままになっていること。その苦痛の大きさは、由紀子の覚悟さえ、吹き飛ばしてしまいそうだった……。

「——誰なんだ」

と、寺田が言った。

ベッドでぼんやりと天井を見上げていた由紀子は、

「——え?」

と、服を着ている寺田を見た。

「ゆうべ会ってたのは、何て男だ」

「ああ……。男じゃありません。本当です。女子大の友だちです」

「そうか。——まあいい。今度から、あんなに待たせるなよ」

「はい」

と、由紀子は素直に言った。

寺田は、出て行くとき、札入れから一万円札を数枚抜いて、ベッドの上に放り投げて行った。

もう明るくなろうとする時間である。

由紀子は、眠気など感じなかった。

寺田が肌に残した痛みではない。もっと奥で血を吹くような痛みが、由紀子を眠らせなかった。

――今、この時間、沢田加奈子はぐっすりと眠っているのだろう。

「おめでたい奴……」

と、呟(つぶや)いて笑った。

沢田加奈子の父親が、由紀子の父を死へ追いやったというのに、そして加奈子もそれを知っているというのに、「変らない友情」なんてものを信じて涙ぐんでいる。

「加奈子……」

と、由紀子は呟いた。「楽しい卒業旅行にしましょうね」

そして、由紀子は声をたてずに笑った……。

4　靴

あまりに卑屈に見えるだろうか。

——沢田智広は、ほんの数秒、ためらった。

気付かなければ、どうということはなかったのだ。しかし、沢田は目が良かったし、そういう細かい点がいつも気になる男だった。

女みたいよ。——よく、妻の弓子や娘の加奈子に笑われる。

しかし、そういう性格なのは変えられない。

「——どうした」

隣に立っていた伊地知が気付いて、小声で訊く。

「社長の靴が……」

「靴？」

「社長の靴が汚れてる」

と、沢田は言った。

　──よく晴れた日だった。

　N工業の新しい工場が完成して、その落成式が行われていた。

　本社から、幹部社員だけでなく、課長以上は全員出席させられた。

　沢田たちは、朝、まだ暗い内から起きて、何時間も電車に揺られて、この工場までやって来たのだ。

　落成式には、地元の市長、銀行のお偉方も参列していた。

　もちろん、式次第の第一は、野田武夫社長の挨拶である。──今、司会者が、かなり緊張した声で、社長の名を読み上げようとしている。

「──本日はお忙しい中、大勢の方にご出席いただき……」

　加藤の奴、気が付かないのか！

　沢田は、野田社長のすぐそばについている秘書の加藤貢の方を見ていた。──目が合えば、そっと指でさして教えてやるのに。

　しかし、二十七、八の若いエリートは、沢田のことなど見ようともしなかった。

「──では初めに、当社社長、野田武夫より、ご挨拶いたします」

　と、司会者が言って、野田がちょっと息をついた。

　沢田はハンカチをポケットから出すと、素早く野田の方へ歩み寄り、膝をついて、ハンカチで靴の泥を拭いた。

野田が一瞬びっくりして見下ろしたが、そのときにはもう沢田は立ち上って列へと戻って行った。

秘書の加藤貢が、面食らったように沢田を見ている。

野田はチラッと沢田を見ると、それから演壇へと進んで行った。

「──手早いな」

と、伊地知が言った。

沢田は黙って肩をすくめた。

野田の白い靴に、泥の汚れはかなり目立っていたが、手早くこすっただけで、乾いた泥はほとんど落ちていた。

「──本工場の完成は、私ども十年来の悲願でありました」

と、野田社長のスピーチが、スピーカーから青空へと放たれて行った……。

「──おい、ビールだろ？」

南村が沢田のコップへ注ごうとして、言った。「靴みがき課長！」

「よせよ」

と、沢田は苦笑した。「もういい。ビールなんか朝っぱらから飲めるか」

──式典の後、工場の庭にテントが張られて、立食形式の簡単なパーティになっていた。

沢田たちは、十一時になると、引き上げていいことになっている。

引き上げて、といっても、帰れるわけではない。会社へ行って仕事をするのだ。

「早く出たいな」

と、沢田は言った。「仕事がたまってるんだ」

「俺もだよ」

と、伊地知が言った。「いなくなっても、分りゃしないだろうけどな」

「ああ、そうだな」

自然、沢田、伊地知、南村といった「仲良し」が集まる。——足立だけは今日、休んでいた。

「——沢田さん」

と、人の間をかき分けて、秘書の加藤貢がやって来た。

「何か？」

「ちょっと。——社長がお呼びです」

沢田は、他の二人と顔を見合わせた。

「来たな！　〈靴みがき課、課長〉を命ずる、って奴だ」

と、南村が言った。

体が大きいので、ただでさえ声が大きい。今は少し酔っていて、なおさらだった。

「よせってば」

と、沢田は苦笑して、加藤の後について行った。

野田社長は、市長と記念撮影をしているところだった。

フラッシュが光り、社員が記録用のビデオを回している。

加藤について行ったものの、沢田など、なかなか挨拶のチャンスがない。

次から次へと、野田に挨拶しようと客が並ぶ。

その、一瞬の隙間(すきま)に、

「社長、沢田さんです」

と、加藤が声をかける。

野田はチラッと沢田の方を向いて、

「おお、君か」

と言った。「さっきはありがとう」

「は、いえ……。さしでがましいことをいたしまして」

「何を言う。壇に上ると、靴が客の視線にさらされる。恥をかくところだった」

「お役に立てて幸いでございます」

と、頭を下げる。

「やあ、どうも！　お久しぶり」

野田は次の客と二言三言、やりとりをして、また不意に沢田の方へ、

「沢田君、君はこのパーティの後、残ってくれ」

と言ったのである。

沢田は、「仕事がたまっておりまして」と言いたかったが、社長に向って言うのは無意味だと思い直したのである……。

やけになって、パーティの料理をせっせと食べまくっていた沢田は、野田のリムジンに乗せられると、ズボンのボタンが飛びそうで、ハラハラした。

長い車体のリムジンは、後部座席が向い合せのサロン風になっている。そして、秘書の加藤は助手席にいるので、沢田は野田と一対一で向い合うことになったのである。

「——疲れた顔だな」

と、野田が愉快そうに言った。

「今朝が早かったものですから」

「そうか。——遠いからな、新工場は」

「はあ……」

野田が座席の傍（そば）のボタンを押すと、二人の間に、洋酒のボトルの詰った棚が現われる。

「——何か飲むか」

「いえ、もう充分にいただきましたので」

と、沢田は言った。

これ以上、お腹に入れたら破裂しそうだった。細かいことに気の付く男だそうだな」

「——君のことはよく知らなかった。細かいことに気の付く男だそうだな」

「おかげさまで、大きいことは苦手です」

野田はちょっと笑うと、

「——これを知っているか」

と、ポケットから、しわになった手紙のようなものを取り出した。

「何でしょう?」

「読んでみろ」

——それはワープロで打った短い告発文だった。

〈N工業の嘘を暴く!

N工業の新工場は、一見したところ緑も多く、人間的な環境のように見えますが、実際は一番緑の多い中央の広場には、一年後、建物が建つことになっており、これは事前の住民との話し合いの結果、交わされた約束を無視したもので、現職市長も、その件は承知しています。市民への裏切り行為としか言えません。

この事実を、広く世間へ知らしめて、N工業を、民主的企業へ変えていきましょう!〉

その文面の最後に、〈倉庫のネズミ〉という名が入っていた。

「——どう思う」

と、野田は言った。

「これは……事実なんですか」

と、沢田は訊いた。

「事実だ」

野田はアッサリと認めた。

「では、住民との間の協定書は……」

「あんなもの、鼻紙にもならん」

と、野田は首を振って、「工場が動き出し、そこへ勤める者、工場の人間相手の食いもの屋とかバー、スナック……。要するに工場で潤う連中が出てくれば、約束など破っても、誰も文句は言わん。いやなら工場を閉める、とおどしてやるのさ」

沢田は無言だった。

「——腹が立つか」

野田は愉快そうに、「そういう顔だ」

「申しわけありません。降ろしていただけますか。食べ過ぎて、少し気分が……」

「まあ聞け」

と、野田は言った。「当然だ。君の年齢で俺の言うことに何も感じんようなら、そんな奴は見込みがない」

沢田は、その内部告発としか見えないチラシをじっと見つめていた。

「人生に正義なんてものが通用しないと知るのは、まだ先でいい」

野田はじっと沢田を見つめて、「しかし、社員としての君は、社長の俺に逆らえない。逆らえばクビだ。――分るな」

「はあ」

「しかし、俺は君に辞めてほしくない。今日、とっさに俺の靴の泥を拭いてくれた。あんなことはなかなかできるもんじゃない」

やめておけば良かった。――沢田は心底悔んだ。

どうしてあんな余計なことをしたんだろう。俺は？

「君に、〈猫〉になってほしい」

と、野田に言われて戸惑った。

「猫、ですか……」

「そのチラシの名前に、〈倉庫のネズミ〉とある。それが誰なのか、調べてくれ」

沢田は愕然とした。

「私が……ですか」

「調べて、追い立てろ。——内部告発ってのは、要するに裏切りだ。敵はいいが、裏切りは許さん」

野田の言葉は厳しかった。「もちろん、君のこの仕事は、本来の業務とは別だ。極秘で、人にはしゃべるな。その代り、給料の他に、その分の金は出す。調査に必要な経費も惜しまん」

「社長——」

「成功すれば、それなりの見返りは期待してくれていい。俺の言葉を信じろ」

「社長……。私はとてもそんな仕事に向きません。どうやればいいかも分りません。探偵の真似事など、とても……」

「やれるとも。どうやるかを考えるんだ。それが君の仕事だ」

「社長。——お願いです」

と、伏せた顔に汗が伝った。「そんなことは……勘弁して下さい。仲間を調べたり、告発したりするなんて……私には無理です」

膝に置いた拳が、固く固く、震えるばかりに握りしめられていた。

「私には無理です……」

5　バーコード

ピッ。——ピッ。

一日に、この音を何百回聞くだろう、と由紀子は思った。あるいは何千回か。考えたことも、数えたこともない。

しかし、同じバーコードを読み取らせるだけでも、上手な子と下手な子がいる。何度もセンサーの方へバーコードを向けて通さないと、読み取ってくれない、無器用な子もいた。

「足立さん」

と、由紀子は呼ばれて、

「一万二千十五円でございます」

と、客に言ってから振り向いた。

「経理の人が呼んでるわ」

「はい。——一万と三千円、お預りいたします」

由紀子は、レジ係としては一番手早い一人である。バーコードの読取りも、めったにしくじることがない。

並んでいる二人の客のカゴの中の品物をチラッと見て、

「すぐ行きます」

と返事をし、〈お隣のレジへお願いします〉という札を出した。

「あら、やってくれないの？」

「いえ、お並びいただいている方はもちろん結構でございます。――どうもお待たせいたしました」

「並び直すんじゃ大変だものね」

その奥さんはブツブツ言いながら、「特価品よ、それ。間違えないでね」

と、口やかましい。

足がむくんで、靴の中ではち切れそうになっていた。――昔のレジのように、いちいち金額を手で打つ必要がないのは楽に違いないが、その分、レジの数は減り、扱う客は多い。

二人の客をすませて、レジをロックしようと、チェーンのついた鍵をエプロンのポケットから取り出すと、カゴが置かれた。

「恐れ入りますが、隣のレジへ――」

と言いかけて言葉を切る。

髪を肩まで伸ばした背の高い若者が、立っていた。

カゴの中は、カップメン二つ。そして、手紙。

由紀子はカップメンのバーコードを読み取らせて、くり返しボタンを押すと、

「二百七十五円です」

若者は百円玉を三つ出して、

「手紙を読んでくれ」

と言った。

「二十五円のお返しです。ありがとうございました」

「お願いだ」

由紀子は、カゴを手に取って――中の手紙を取り出すと、エプロンのポケットへ入れた。

「ありがとう」

「お待たせいたしました」

ビニールの手さげにカップメン二つを入れて渡すと、由紀子はレジのカウンターを出て、足早にエレベーターへと向った。

――スーパーの上の二階分がオフィスになっている。

由紀子は経理の机の所まで行って、

「足立ですが……」

「あ、これ、判を押して」

と、残業の手当がわずかしかない伝票を取り出して、「名前の所……。そうそう、今度の旅行、どうするんだい？」

由紀子は、ちょっと目を伏せて、

「母を置いて出られないので……。すみません」

と言った。

そばの席の女性が、

「もっといい所へ連れてってくれる人がいるもんね」

と言った。

由紀子はその女性の方へ目をやった。

「――ああ、くたびれちゃう！」

と、その女性がわざとらしく、「可愛けりゃね、私も。おこづかいくれる人が現われるのに」

「そうですね」

と、由紀子が言った。

――みんなが冷笑している。

当然のことだ。承知で選んだ道である。

しかし、必要以上に人を傷つけようとする人間がいる。

それは、由紀子にとっても、腹立たしかった。

下りは階段を使って、途中、踊り場でエプロンのポケットから手紙を出し、開いた。

見慣れた、お世辞にも上手いとは言えない字。――村越喜男。わざわざフルネームで署名までしてある。

〈由紀子。

一度でいいから会ってくれないか。

君自身の口からなら、どんな辛いことでも聞いていられる。今のように、噂と憶測だけじゃ、苦しくてたまらない。

お願いだ、ケータイにかけてくれ。

村越喜男〉

二度読んだ。

「字が違うよ」

と、由紀子は呟く。「〈臆測〉って書くんだよ」

指で、間違った字の上に正しい字を書いた。

「喜男……」

——村越喜男は、N大の三年生である。

由紀子がK女子大へ通っているときには、「恋人」と呼んでもいい仲だった。

しかし、父の死と、母の病気。そして、このスーパーで働くようになって、もう彼とは会っていない。

会えるものか。寺田の愛人として、生活を支えてもらっている身で、彼に会いたくなかった。

「——戻らなきゃ」

と、自分へ言い聞かせる。

一階へ戻って、レジに再び立とうとすると、

「由紀子！」

と呼ばれて、振り返った。

「加奈子……」

加奈子が笑顔でやってくると、

「どんな所かな、と思って、来てみたの」

と、加奈子は言った。「迷惑だった？」

当り前じゃないの！——心の中の叫びを押し隠し、

「ちっとも」

と、笑顔を作った。

「来たからには、何か買ってよ」

「分った！ うんと買物するわ」

「そこのレジに並んでね」

由紀子は自分の担当のレジへ戻って、キーを差し込んだ。

〈お隣のレジへ〉という札をどけると、すぐ他の列から四、五人が並ぶ。

「お待たせいたしました」

と、最初の客のカゴを引き寄せながら、チラッと目を上げると、村越が立っているのが目に入る。

ピッ。——ピッ。——ピッ。

バーコードを読み取って行く単調な音が、また由紀子の耳に入ってくる。

そして……機械的に料金を読み上げ、カード払いの処理をしつつ、由紀子は思い付いた。

あの「お嬢様」にぴったりの遊びを……。

「——お願いします」

加奈子が、呆れるくらい沢山の品物をカゴに山積みして、カウンターへのせた。

「ミカンは、本日特価品もございますが、よろしいですか」

「はい」

ピッ。──ピッ。

「由紀子……。偉いね」

「何が?」

「私、とてもできないわ。──いつも由紀子は大人だった……」

「何言ってるの。──同じコーヒー豆、二つでよろしいですね」

「はい」

由紀子の手は、自分でも感心するほど乱れず、いつも以上に手早かった。

「──一万八千七百三十円です」

「カードでも?」

「はい、結構です」

由紀子は、カードの処理をして、カードと領収証を渡した。

「由紀子。──また会って」

「うん」

「じゃあ」

「ありがとうございました!」

由紀子は、次の客の品物を手に取りながら、ちょっと振り返った。

加奈子が手さげ袋を手に出て行こうとするのを、村越が待っている。

加奈子は忘れているかもしれないが——。

「ね、君……」

「え?」

ガラガラと自動扉が開く。

「沢田……加奈子君だよね」

「あ……。ええと……」

「村越だよ」

「ああ! 村越さん。ええ、憶えてます」

「ちょっと、時間ある?」

「ええ……。でも——由紀子に用じゃ?」

「そのことで話したいんだ。荷物、持つよ」

「すみません」

加奈子は一緒にスーパーを出た。

6　ボーイフレンド

「由紀子が……。そうですか」

と、加奈子は言った。

「さっぱり分らなくってさ」

村越喜男は、すっかりぬるくなったコーヒーをスプーンでかき回しながら言った。

「大学をやめて、会う時間がなくなるのは分るよ。でもそれだけじゃないいんだ。電話をしてもくれない」

「それは……」

「会いたくないのなら、そう言ってくれていいんだ。それなのに……」

二人は、由紀子の勤めるスーパーに近い喫茶店に入っていた。

加奈子は、村越のことを少しずつ思い出していた。由紀子はもともとしっかり者だ。村越は、いつも由紀子の言う通りにして、それが楽しそうでもあった。

「君はまだK女子大に通ってるんだろ?」

と、村越が訊いた。

「ええ」

と、加奈子はハーブティーをとっくに飲み干して、「今年卒業です」

「そうか。一年浪人してるからな、僕は」

「N大とじゃ違いますよ」

「そんなことないさ。——ね、沢田君」

と、村越は少しためらって、「由紀子がどうしてK女子大をやめて働いてるのか、教えてくれないか」

「それは……」

「お父さんが亡くなったのは知ってる。——自殺だった、って本当？」

この人は、まさかその原因を作ったのが、私の父だとは思っていない。——加奈子は、無邪気なくらいに正直なこの青年を、もちろん責める気にはなれなかった。

「——本当です」

と、加奈子は言った。

「何か……仕事のことで？」

「さあ……。詳しいことは、私も」

「そうだろうね。ごめん」

「いいえ」

「生活が大変なのは分る。——お母さんと二人なんだろ?」

「ええ。でも、お母さんも働いてらっしゃると思いますけど」

「そう? 何だか具合が悪いって聞いたことがあるけど」

村越はため息をついて、「——遠回しに言ってても仕方ないな。由紀子には他に好きな人ができたのかな?」

加奈子は、ゆっくりと首を振って、

「私も知りません。ごめんなさい。ついこの間、久しぶりに会ったんです」

「そうか」

「お役に立てなくて……。もし、訊く機会があったら、訊いておきます」

と、可能かどうか分らないまでも、そう付け加えないと気の毒な気がしたのだ。

「ありがとう!——これ、僕の電話だ」

村越は名刺を出して、加奈子へ渡した。

「〈新聞局〉?」

「N大の大学新聞を作ってるんだ」

「へえ。——面白いですか」

「やったことが形になって残るからね。——大学生活で何も残らないのもつまらないじゃないか」

「そうですね」

加奈子はその名刺をバッグに入れた。

「私なんか、何もしなかったような気がする」

「急ぐことないさ。まだこれからだ」

と、村越は言った。「君、卒業したら、どうするの？」

「決めてないんです」

と、加奈子は少しひけめを感じている様子で、「就職したいけど、今は大変でしょ」

「お父さんは……確か同じ会社だよね。由紀子の――」

「亡くなったお父さんとは同僚で、とても仲良くしていたんです」

と、加奈子は言った。

嘘じゃない。――ある時までは、その通りだったのだ。

「でも、父は就職しなくていいって言っていて」

「じゃ、結婚？」

「まさか」

と、少し赤くなる。「いませんよ、相手が」

「どうして」

「だって……女子校だし、私、由紀子みたいに積極的に人と付合うタイプじゃないんです」

「でも、恋人ぐらい、その内できるさ」

「そうですね。焦らずに待ちます」

加奈子は、やっと少し寛いだ気分になれた。

「――じゃ、あんまり引き止めても」

加奈子は、ごちそうになった礼を言って、喫茶店を出た所で、村越と別れた。

――久しぶりに見たせいか、村越は以前よりずいぶん「大人」の雰囲気を感じさせた。

由紀子はなぜ村越を近付けないんだろう？　それどころじゃない、という気持も分らないではないが……。

歩き出した加奈子は、

「ね、ちょっと！」

と、息を切らして追ってくる村越を見て、

「どうしたんですか？」

「どうしたって……。君の買物！」

村越が、そのまま持って行ってしまうところだったのだ。

「ごめんなさい！」

「いや、僕も——」

二人は大笑いした。

「僕が持って帰っても、困っちまうところだよ」

「ごめんなさい、本当に！　うっかりしてたわ」

「お互い様だな。——地下鉄？　駅まで持っていくよ」

「ありがとう」

加奈子は、すっかり気楽になっていた。「村越さんって、大人だな、と思ってたところなの」

「格好だけさ」

「本当だ」

と、加奈子は笑った。

男性を相手に、こんなに気楽に笑えるのは珍しいことだった。

「——では、これで」

ホームに発車のベルが鳴って、ホッとした表情がお互いの顔に浮ぶ。

見送りというのは、送る方も送られる方も、発車までが気詰りである。

「お世話になりました」

と、沢田智広は、新幹線の乗車口で、もう一度見送りの相手に頭を下げた。

扉がスルスルと閉る。

列車はすぐに動き出した。

「――お疲れさまでした」

と言ったのは、伊地知肇だった。

沢田は三日間、大阪だったが、伊地知は昨日来たばかりで、もう帰京である。

「席に行こう」

と、沢田は促して、バッグを持った。

「私が――」

と、伊地知が言いかける。

「よせよ。これぐらい自分で持てる」

沢田はグリーン車へ入ると、切符を見て、

「ここだな」

「じゃ、私は指定席の方に」

「いいから座れよ」

「しかし――」

「空いてるさ。隣に来てくれ」

「はあ……」

検札が来て、沢田は、隣席の伊地知の差額を払った。

「いいんですか、課長は普通指定と――」

「おい、よせよ」

と、沢田は遮って、「こんな所で、上役扱いしないでくれ。昔の通りでいいじゃないか」

「はあ……」

伊地知は、少しリクライニングを倒して、息をついた。

沢田は、しばらく車窓の外を眺めていたが、

「――娘さんは元気か」

と言った。「友江ちゃんだったたな」

「はあ。――加奈子さんと旅行に行くとか言ってましたが」

「聞いた。――あの四人がまだ付合ってたとは知らなかったよ」

伊地知は戸惑って、

「四人ですか?」

「そう言わなかったか」

「加奈子さんと二人だと……」

「そうか。説明するのが面倒だったのかな」

「四人というのは……」

「南村と足立のとこの娘さんたちだ」

「本当ですか？　足立の所は……。それに、南村は東京にいないでしょう」

「しかし、四人で卒業旅行の相談をしたと言ってたぞ」

「そうですか……」

「大人は大人。娘たちには娘たちの暮しがある」

「ええ……。それはそうですが」

「何だか……四人揃って（そろ）いたのは、何十年も昔のようだな」

と、沢田は言った。「あれから――」

沢田のポケットで携帯電話が鳴った。

「――はい、もしもし。――ああ、今帰りの新幹線だ」

沢田は席を立って、通路を歩いて行く。デッキで話すのだろう。

伊地知は車内販売が来たので、缶ビールを買った。

――馬渕沙織からの電話だろうと察しはついた。

もう妊娠何カ月になるのか。

馬渕沙織は、伊地知の課にいた子である。

入社の面接のときも、伊地知が気に入って、推したのだった。

まさかその沙織が、沢田の愛人として、子供まで作るとは……。

今、沢田が、沙織のマンションの方に帰ることが多いのも、伊地知は知っていた。

子供が生まれたら、事態がどうなるか、不安だった。

沢田は、子供を認知すればすむと思っているようだが、沙織は正式に結婚してくれと迫るだろう。

今の夫人と離婚して、再婚――。

今の沢田の年齢で、そんなことでもあると、体に応えるだろう。――伊地知は一度、沙織と話したいと思っていた。

それにしても……あの沢田が。取締役になって、娘のような若い女を……。

想像もできなかった。――あのころには。

一緒に悩んだ、あのころ……。

7　破産

「あなた……」

夜遅く帰った沢田は、玄関へ出て来た弓子の様子で、酔いがさめてしまった。

「どうした？」

「大変なの」

と、小声で、「加奈子が起きるといけないから……」

「ああ」

沢田は上って、「ちょっと待ってくれ」

と、洗面所へ行き、顔を洗った。

——疲れ切っていた。

工場の落成式のために早起きし、おまけに帰りにはとんでもない〈社長命令〉だ。

社長と一対一で面と向って、ともかく、

「考えさせて下さい」

と言って粘るのが精一杯だった。

もしかすると――クビか。

野田は、笑っていた。どうせ沢田が折れてくると思っているらしい。

「――何だ」

ネクタイを外し、沢田は居間へ入ると、「大変なことって？」

「今日、兄が来て……」

「何の用で？」

「破産したんですって、兄の店」

沢田はしばらくぼんやりしていた。

「――そうか。気の毒に」

と、首を振って、「で、何か頼まれたのか」

「あなた……。忘れたの？　去年、兄の借金の保証人になったでしょう」

沢田も、やっと弓子の言う意味が分って来た。

「そうか……。そうだったな」

「兄が、あなたに謝っておいてくれって。でも――兄も債権者に追われて、姿を隠してるの」

「一体……どうしたんだ」

とりあえず、理由を聞いて、今の自分のことは後回しにしたかった。

「知り合いに誘われて始めたお店が、初めの内、調子が良くて」

「うん、そうだったな」

「ところが、去年の暮れに、その知り合いが、店のお金、全部持って逃げたんですって」

「何だって？」

「それを早く言ってくれればいいのに、みっともないって黙っていて……。それでどうにもならなくなったのよ」

沢田は呆然（ぼうぜん）としていた。

他人の話ではよく聞くが、そんなことが自分の身に起るとは……。

重い沈黙が、居間を押し潰（つぶ）しそうだった。

「それで、……どうしろっていうんだ」

沢田は、本当に自分がどんな立場にいるのか、よく分っていなかったのだ。

「だから……」

と、妻の弓子が口ごもるのを見て、

「人に貸すような金はないぞ。加奈子の大学の費用だって、まだかかる」

と言った。「聡士（さとし）さんは何と言ったんだ？」

前川聡士は弓子の兄である。同年輩ということもあって、沢田はよく聡士と飲んだものだ。といっても、ずいぶん昔のことだが。

「――あなた」

弓子が青ざめた顔で、クシャクシャになったハンカチを両手で握りしめる。「兄が行方をくらませば、借金とりがうちへやって来るわ」

「何だって？」

「保証人なんだもの！　分るでしょ？」

「しかし……俺が借りたんじゃない。持ち逃げした奴も全然知らんぞ。それなのに、どうして俺の所へ来るんだ？」

「あなた……」

「ふざけるな！　冗談じゃない！　そんなこと、俺は知らんぞ！」

声が高くなった。

弓子も、何も言えない様子だった。自分の実の兄のことだ。

「――どうしてなんだ」

と、沢田は呟くように言った。「何もしてないのに、どうしてこんなことになっちまうんだ」

沢田は、社長の野田に言われたことを含めて、そう言ったのだった。

「お父さん……」

心配そうな声に、沢田はハッとして振り向くと、パジャマ姿で立っている加奈子を見て、

「まだ起きてたのか」

と言った。

「寝てたけど……お父さんが怒鳴ってるんで――」

「すまん」

沢田は我に返った。

「何かあったの？」

「いや、お前の心配することじゃない」

沢田は、頭が冷えて、普通の口調になっていた。

「でも――」

「大丈夫さ。会社でいやなことがあってな。つい、母さんに当ってたんだ」

「そんなの、お母さんが可哀そうだよ」

「うん、分ってる」

いつも、夫婦で怒鳴り合ったりしているのなら、そう心配もしないのだろうが、沢田は穏やかで、弓子を怒鳴ったことなどない。加奈子がびっくりするのも当然だった。

「加奈子、寝なさい。大丈夫だから」

と、弓子が言った。

「うん……。おやすみ」

「ああ、おやすみ」

と、沢田は肯いて見せた。

加奈子が戻って行くと、夫婦はしばらく黙っていた。

沢田は、ちょっと息をつくと、

「コーヒーでもいれてくれないか」

と言った。

「ええ、すぐ……」

弓子が立って行って、コーヒーメーカーで熱いコーヒーをいれた。

その何分間かに、沢田は何とか冷静に今の事態をつかもうとしていた。

保証人になって、判を押してしまったのだ。そういう取り立てがどんなに凄まじいものか、沢田も知らないわけではない。

もし、ヤクザまがいの——いや、ヤクザそのものが、この社宅や会社に押しかけて来たら……。

もちろん、たちまち社内に話が広まり、沢田は辞表を出さなければならなくなる。

収入がなくなれば借金の返済もできないが、会社はそんなことまで心配してくれない。

そうなれば、どこへ行けばいい？

この社宅を出て、行く所などない。そして取り立て屋に追われて、一家で逃げ歩くか、あるいはバラバラになって、どこかへ身を寄せるか……。

「――はい」

弓子がカップを沢田の前に置いた。

「お前も飲めよ」

「ええ」

弓子は湯呑み茶碗にコーヒーとミルクを注いで、持って来た。

「――旨いな」

と、沢田はカップを手にして、「こんな時間のコーヒーも悪くない」

「あなた……。ごめんなさい。兄のせいで、こんな……」

「よせ。お前が悪いんじゃない。謝るな」

「でも――」

「聡士さんも運が悪かったんだ。それより、取り立ての連中がやってくる前に何か手を打たなくちゃ」

「ええ、そうね」

弓子は救われたという表情になり、沢田もそれを見てホッとした。

「――いくらあるんだ、借金は？」

「正確には知らないけど、兄も売れるものは全部売って、お金を作ったらしいから、残りは二千万円くらいじゃないかって」

二千万……。サラリーマンの身には、気の遠くなるような金額だ。

「二千万……。どこかで借りられるかな」

「でも――」

「いや、もし借りられれば、必死に返していけばいい。しかし、まともな所じゃ、とても無理だろうな」

「高利のお金なんか借りたら、それこそ同じことになるわ」

「そうだな」

と、沢田は肯いた。

自分に家や土地でもあれば、担保にして借りられる。しかし、社宅住いの沢田に、担保になるような物はない。

担保がなければ、まともな銀行などでは貸してくれるわけがないのである。

沢田は考えて、考えて……。そして、避けることのできない結論に達した。

「――もう寝よう」

と、沢田は言った。「ここで頭を悩ませていても仕方ない」

「でも……」

「加奈子は明日も学校があるんだ。自分じゃ起きられない奴なんだから」

沢田は立ち上って、ちょっと笑った。

そんな夫を、弓子は不安げに見上げていたのだった……。


時間との競争だ。

沢田は翌朝、いつもより三十分早く出社した。

社長の野田が、えらく早く出てくると聞いていたからである。

社長室の近くまで行くと、秘書の加藤が欠伸しながらやって来た。

「ああ、沢田さん。何ごとです?」

「社長、いらっしゃるかな」

声が少し震えた。

「おられますよ」

「お目にかかりたい」

やや青ざめ、こわばった表情の沢田は、ただごとでないものを感じさせたはずだ。

「お待ち下さい」

加藤が社長室へ入って行く。

沢田は深く呼吸をくり返して、落ちつこうとした。

加藤がすぐに戻って来て、

「どうぞ」

と言った。

野田は、すでに忙しく働いていた。——力がすべて。こういう男を、沢田は好きではないが、やはり太刀打ち(たち)できないものを感じていた。

「おはようございます。お忙しいところ、申しわけありません」

野田は、少しいぶかしげに、

「思い詰めた顔だな」

と言った。「まあ座れ。——やはりできないと言いに来たか。そうでもないらしいな」

「はあ……。やります。猫になって、〈ネズミ〉を駆り出します」

沢田の額に汗が浮んでいる。

野田はじっと沢田を見つめて、

「どうして気が変った」

「代りに——と言っては何ですが、お願いがあります」

「何だ」

「報酬は一切いりません。その代り、今、二千万円、借りられるようにお世話いただけないでしょうか」

野田は、沢田の話を黙って聞いていたが、話し終った沢田がハンカチで汗を拭くと、

「汗を拭くのは、話がすんでからにしろ」

と言った。「迫力を欠く。相手が承知するまで、汗が顎から滴り落ちても我慢するんだ」

「はあ」

手にハンカチを握りしめて、膝に置くと、

「――いかがでしょうか」

と言った。

「馬鹿なことをしたな。保証人など、兄弟だってなるもんじゃない」

「はい……」

「確かに、取り立てが来たら大変だろう。――分った。何とかしよう」

沢田の体が震えた。

「――ありがとうございます！」

深々と頭を下げると、

「その代り、成果を上げろよ。期待してるぞ」

と、野田は言った。

「はい」

同僚を、仲間をスパイして、売り渡すのだ。——沢田はこの瞬間に、良心の痛みに目をつぶると決めた。たとえ誰であろうとも、見逃さないと決心したのである。

8　キャンパス

友江は久しぶりでK女子大の構内を歩いていた。

四年生はもうほとんど来る用がない。

友江は、実は卒業に必要な単位が少し足りず、そのことで担当教授に会いに来たのである。

といって、大して心配してはいなかった。何といっても私立の女子大である。すでに就職先も決っている学生を、落とすなどということはしない。

それに、担当の三邦は友江のことを気に入ってくれている。——これは友江の一方的な思い込みかもしれないのだが。

「——友江」

と、呼ばれて振り向くと、あまり会いたくない相手——沢田加奈子がやってくるところ。

「加奈子。——どうしたの?」

「クラブの〈追いコン〉の打ち合せで。友江も?」

〈追いコン〉というのは〈追い出しコンパ〉のこと。クラブの下級生が卒業生を送り出してくれる会だ。

「私も――」

と言いかけて、友江は笑って、「加奈子みたいな優等生には関係ないわよ」

「何言ってるの」

と苦笑する。

「単位不足でね。三邦のご機嫌とりに行くのよ」

と、平気に見えるように、気楽な口調で、

「一、二度寝てやりゃ単位くれるかな」

「三邦先生? だから、気を付けろって言ったじゃない。あれだけさぼれば、当然だよ」

「まあね。――じゃ、これで」

と、立ち去りかける友江を、

「待って」

と、加奈子が呼び止め、「一緒に行こうか?」

「いいわよ。それこそ三邦が加奈子にでも手出したら大変」

「まさか」

と、加奈子は言ったが、「噂をすれば、だ。三邦先生よ」

いつも不機嫌そうにしている三邦洋治は四十二歳の助教授。額の生えぎわが、この四年の間に大幅に後退していた。

加奈子と友江に気付いて、

「やあ、どうしたんだ」

と、寄って来た。

「友江が——伊地知さんが先生にご用だって……」

「先生、昨日お電話しましたよよ」

「そうだっけ？　忘れっぽくてね、このところ」

と、三邦は首を振った。「何の話だっけ？」

「単位のことです」

「ああ、そうか。沢田は大丈夫だろ」

「ええ、今、偶然友江とバッタリ……」

加奈子は、友江の方を見て、「じゃ、友江。——私、〈P〉にいる。すんだら覗いて」

「うん」

放っといてよ！――友江はそう言ってやりたかったが、相手は「取締役のお嬢さん」だ。

「じゃ、後で」

と言わないわけにいかなかった。

「失礼します」

加奈子は三邦へ会釈して、校門の方へと向った。

「――じゃ、一緒に来い」

と、三邦が友江を促す。「――寒いな」

「今、忙しいんですか」

「ああ。入試が間近だ。私立大にとっちゃ一大イベントの稼ぎどきだからな」

「入試か。――そうですね」

もう忘れていた。四年前が遠い昔だ。

研究棟に入ると、暖房がきいてホッとする。

「俺の研究室、知ってるな」

「はい」

「先に行っててくれ。ちょっと事務室へ寄ってく」

「分りました」

友江は、階段を上り、二階にある三邦の部屋のドアを開けた。

「遅いのね！」

と窓辺に立っていた女の子が振り返って、

「あ——ごめんなさい」

と、口に手をあてた。

友江も顔は知っている、一年生の女子学生である。いつもブランド品で固めていて、しかも「新製品」に目がないので、「歩くショーウィンドウ」と呼ばれている、何人かの女の子たちの一人だ。

「先生、じき来るわよ」

と、友江は言った。「私、先生と大事な話があるの」

「はい」

先輩が相手ではうまくないと思ったのか、バッグを手に、「じゃ、後で来ます」

「言っとくわ」

その一年生が出て行くと、友江はそっとドアを細く開けた。

「——先生！」

階段で、ちょうど上ってくる三邦と出会ったらしい。

「そうか、すまん」

「待ってるって言ったじゃないの」

「忘れてたんだ」

「今、伊地知さんが――」

「うん。単位が足りないんだ。その相談だ」

いちいちしゃべるな！――聞いていて友江は腹が立った。

「すぐすむから……」

「せっかく出て来たのに……」

一年生の女の子はブツブツ言っている。

友江は、自分のバッグでPHSが鳴り出して、あわててドアを閉めた。

「――もしもし。――もしもし？」

「あの……」

おずおずとした声で、「奥村(おくむら)です……」

「ああ……。今ね、ちょっと都合悪いの」

「すみません。また――かけ直していいですか？」

「ちょっとね……。用事が長引くかもしれないの。また――明日にでもかけてくれない？」

と、友江は言った。

「分りました。すみません。たまたま出かけたもんで……」

「またね」

手早く切ってしまった。「――苛々するんだから、もう」

あんなのにPHSの番号なんて教えるんじゃなかった！

PHSの電源を切って、バッグへしまうと、三邦が入って来た。

「――ま、座れ」

「はい」

そ知らぬ顔で、「今、一年生の子が何かご用だって……」

「うん、階段で会ったよ」

と、三邦は机の上に本を置いて、「レポートのことで相談があるっていうんで、今日来いと言っといたのを忘れてた」

「先生の恋人かと思った」

「馬鹿言うな。俺はそうもてない」

三邦はわざとらしく笑った。

三邦が学生とちょくちょく「遊んで」いるのは有名なことだ。

「沢田とは仲いいんだったな」

「加奈子ですか？　ええ」

「沢田は就職しないのか」

「加奈子のとこは、お父さん取締役で、働かなくていいって言われてるんです。うちはただの課長ですから。就職できないと困るんです」

話を巧みに持っていく。「単位、何とかして下さい」

「そうだな……」

三邦も、今の一年生を見られて、弱味がある。

「しかし、半分以上欠席だぞ。このままOKってわけにゃいかないな」

「はい。何かレポートとか……」

「そうだな……。今からそんなもの出されても、忙しくて読んでられない」

三邦は難しい顔で本棚の方へ目をやっていたが、「――どうだ」

と言った。

「え？」

「一晩付合わないか」

友江は絶句して、三邦の真面目くさった顔を眺めていた。

「――奥村」

足を止めて、村越が振り向いた。「奥村じゃないか」

呼びかけても、気付かない様子で数メートル行ってから、その青年は振り返った。

「――村越か」

「何してるんだ、こんな所で?」

「うん、ちょっと……」

加奈子は、村越の方を見て、

「お友だち?」

「N大のね。奥村っていうんだ。同じ一浪で、今三年生」

「今日は」

と、加奈子は微笑(ほほえ)んだ。

「どうも……」

具合でも悪いのかしら、この人、と加奈子は思った。

いつもこうなのかどうか、青白い顔に、汗が光っている。――この寒さだ。汗をかくような気候ではない。

「そこでお茶でも飲もう。奥村、一緒にどうだ?」

と、村越は言ってから、「ああ、そうだ。――君の友だちの伊地知君っているだろ」

加奈子はびっくりして、

「友江のこと?」

「うん。由紀子と一緒のとき、会ったことがあってね。奥村、あの子と付合ってたんじゃないか?」

「いや……。ちょっとね。でも、付合ってたってほどじゃないよ」

と、奥村が引きつったような笑みを浮かべる。

「友江を知ってるの?　何だ、彼女を待ってるのよ、私」

「――え?」

と、奥村が言った。「友江さんを?」

「ええ。そこの〈P〉にいるから、って言ってあるの。友江、今大学に用事で来てるのよ」

「――そうですか」

「じゃ、三人で〈P〉に入ってよう」

と、村越は言った。

「いや……。僕、ちょっと用があるんだ」

「何だ、急ぐのか、そんなに?」

「そういうわけでも……」

何だかはっきりしない男である。

加奈子には、友江がこの奥村と付合いたがるとは、とても思えなかった。

「それじゃ、何か一杯飲んで、その間に友江が来なかったら、先に帰ったら？　会ったことは伝えておくわ」

「そうしよう。な？」

村越に肩を叩かれると、奥村もいやとは言わなかった。

——喫茶店〈P〉に入ると、他の客席はほとんどK女子大の女の子ばかり。加奈子も二、三人顔見知りがいて、ちょっと手を振って見せた。

ウエイトレスがやって来ると、

「私、カフェ・オ・レ」

と、加奈子は言った。

「僕はブレンド」

少し間があった。——村越が、奥村をつついて、

「おい、注文しろよ」

我に返った様子で、

「レモンスカッシュ」

と、奥村は言った。「ガムシロップを入れないで」

ウエイトレスが戻って行くと、奥村はやっと自分が汗をかいていることに気付いたらしく、

「ちょっと、顔を洗ってくる」

と、席を立ち、奥の化粧室へ入って行った。

「――何だか変った人ね」

村越の友人だ。せいぜい遠慮しての言葉だった。

「悪い奴じゃないんだけど……」

と、村越は言った。「えらく真面目な奴なんだ。今どきの女の子は相手にしないタイプだね」

「どうしてお友だちに？」

「大学新聞の仕事でね。学生にアンケートを取ったことがあるんだけど、全然回収できないんだ。すぐアンケートに応じてくれたのが奥村で」

と、村越はフッと笑って、「それでね、頼んだんだ。『他の学生にも、アンケートに答えるように言ってくれないか』って」

「それで？」

「凄かったよ。次の日から、休み時間の度に奥村は他の学生を捕まえてアンケート用紙を渡しちゃ、その場で書かせるんだ。そうやって一週間で百人分近いアンケートを取って来た」

「へえ……」

「ま、確かに少し偏屈な所はあるけど、そういう意味じゃ、真面目な奴なんだ」

加奈子も感心はする。――でも、お友だちになりたくはなかった。

それにしても――友江がどうして奥村と？　加奈子には、ますます分らなくなって来た。

「――ごめん」

化粧室から戻って来た奥村は、いくらか爽やかに、若々しくなっていたが、それでも加奈子は進んで話しかけたい気持になれなかった……。

9　暗黒

「リサ。——リサちゃん」

母親は、公園へ入って呼んだ。「リサちゃん、どこなの？」

困ったものだ。

いくら子供といっても、もう六歳。来年は小学校へ上るのだ。

母親が本気になって捜しているときは、ちゃんと出て来てくれないと……。

ともかく、どこかへ隠れてしまうのが好きな子なのである。

「リサ！——早く出て来て！」

と、少し怒った調子で公園の中へ呼びかける。「ママ、急ぐのよ。——ふざけてないで！」

公園は、人っ子一人いない。

さっき——ほんの五、六分前、リサを一人で遊ばせておいて、近くの公衆電話へ走ったときは、五、六人の子供が遊んでいて、母親が二人、立ち話をしていた。それで、ほんの二、三分なら、と一人で置いて行ったのだが……。

「リサ」

と、公園の中を歩き回り、「いい加減に出て来てちょうだい！」

足が止る。

植込みの向うに、チラッと覗いていたのはリサのスカートの赤。あれだ。あんな所に隠れて！

「——こら、リサ！　行くのよ、もう！」

と、大きな声で呼ぶ。「ちゃんと見えてるわよ。出てらっしゃい！」

一向に動く気配がなく、母親は仕方なく植込みのわきを回って、奥へ入ると、

「リサ……」

——日がかげった。風が冷たくなって、枯れた枝を一斉に震わせた。

ちょうどそのとき、公園の前を、駅前の交番の巡査が自転車で通りかかった。

キッとブレーキをかけ、停る。

今のは？　女の叫び声のようだったが。

気のせいか？——公園の中を覗いてみると、小さな女の子を両手で抱き上げた、母親らしい女が、フラフラと歩いてくる。

巡査は自転車を下りて、公園の中へ駆け込んだ。

「どうしました？」

「この子が……動かないんです。眠っちゃってるみたいなんです」

女の目は空ろだった。

巡査は、五、六歳の女の子が、すでに息絶えているのを一目で見てとったが、

「これは……どこにいたんですか？」

「あの……向うです」

「すぐ——すぐ救急車を呼びます。お母さん、しっかりして下さい！」

「でも……目をさまさないだけなんですよ。この子、昼寝すると、なかなか起きないんです……」

「ここにいて。——ここにいて下さい！　いいですね！」

巡査は自転車にぶら下げてあった小さなバッグへと駆け寄り、中から自分の携帯電話を取り出した。

「——リサったら。早く起きてくれなきゃ困るじゃないの。ママ、忙しいのよ……」

娘の冷たくなった体を抱いて、母親はそう呟き続けていた……。

大学を出て、友江は足を止めた。

パトカーが、神経を突き刺すようなサイレンの音をたてながら、二台、三台と目の

前を走り抜けて行った。

何かあったのかしら。——他の通行人も、足を止めて、パトカーの走って行った方向を見やっている。

しかし、サイレンは、ごく近い所で停った。

こんなに近くで？

友江は好奇心もあったが、しかし今はあまりそんな面倒なことに係り合いたくなかった。

気は重かったが、ともかく〈P〉へと向った。

「——待った？」

友江は、加奈子が村越といるのを見て、当惑した。

「やあ、僕のこと、憶えてる？」

「ええ。由紀子と、いつか……」

と、村越が腰を浮かす。

「そうなの」

と、加奈子は言った。「由紀子とね。どうやったら前の通りやっていけるか、相談されてるのよ」

「そう……」

る。

友江は、空いた椅子を引こうとして、「誰かいるの?」

空になったグラスが置かれ、テーブルにストローの袋が小さく折りたたまれてい

友江には分った。

「——奥村君ね」

「よく分るわね」

「このストローの袋のたたみ方。——レモンスカッシュでしょ? ガムシロップを入れないで」

「つい今まで待ってたんだけど、用事があるって帰ったわ」

「——そう」

友江はホッとした。

「いいの?」

「うん。——今夜でも電話するわ」

友江は、椅子を引いて腰かけると、ウエイトレスに、「私、ココア」

と、注文した。

「三邦先生、どうだった?」

と、加奈子が訊く。

友江が答える前に、表をまたパトカーがサイレンを鳴らして駆け抜けた。

「——騒がしいね。何かあったのかな」

と、村越が外へ目をやる。

「そうみたいね。すぐ先よ。何だかよく分んないけど」

と、友江は言った。

「こんな昼間にね」

加奈子が眉をひそめる。

友江はココアが来て一口飲むとやっと息をついた。

「——三邦先生、何とかしてくれるって？」

「うん……」

「レポートか何か？」

「ううん」

と、首を振って、「一晩付合えば、単位やるって言われた」

加奈子は呆気にとられて、

「何、それ」

と言った。

「三邦、よく聞くじゃない。学生に手出すって」

「友江……。本当にそう言われたの？――そんな卑劣なこと！」

「加奈子が怒ることないわ」

「怒るわよ！　学生を何だと思ってるの！」

「ひどい先生だな」

と、村越が呆れたように、「一発ぶん殴（なぐ）って来てやろうか」

「ありがとう」

と、友江が笑って、「私がサボってたのがいけないのよ」

「友江。――まさか承知しないわよね」

加奈子の問いに答える前に、店に入って来た女性客が、

「ね、そこの公園で人殺しがあったって！」

と、待ち合せていた女性に大声で言ったので、誰もがびっくりして振り向いた。

「人殺し？」

「そう！　六つの女の子がね、公園の植込みのかげで――。お母さんが、ほんのちょっと目を離した隙に。可哀そうにね！」

加奈子たちも、話が途切れてしまった。

「――小さい子供を。ひどい奴がいるんだな」

と、村越が首を振って言った。

「ねえ……。たまらないわね、お母さん」

加奈子は重苦しい気分で言った。

友江はココアを飲み干すと、

「私、行くわ」

と、財布を出して、自分の分の代金を置いた。

「──友江」

「ごゆっくり。私、行く所があるの」

友江はコートを着ながら、「じゃあね、加奈子」

「待って！　友江──」

しかし、友江は足早に店を出て行ってしまった。

「──大丈夫かしら」

「いくら何でも、そんな先生の言うことなんか聞かないさ」

「そうね。でも──ひどい先生！」

「世の中、変な奴が一杯いるな」

と、村越は言った。「僕もはた目には変な奴かな」

「どうして？　そんなことないわ」

「由紀子は何も言ってくれないよ」

加奈子は目を伏せた。

いけない。――いけないとは分っていたが、恋する気持を押さえつけることはできない。

由紀子が拒み続けている、この村越のことを、加奈子はひそかに恋し始めていた……。

「――お呼びですか」

伊地知は、取締役室のドアを開けて言った。

「入ってくれ」

沢田は、書類鞄に忙しくファイルをしまっていた。

「お出かけですか」

「急な用でね。札幌へ行って、明日帰る」

「突然ですね。ご苦労様です」

「例の、業務提携の件で、先方が条件を変えたいと言って来た。電話じゃだめだ。直接会わないと」

沢田は、鞄の口を閉めると、「――すまないが、一つ頼まれてくれないか」

と言った。

「何でしょう?」

「沙織のことだ」

「はあ」

「今日、沙織が誕生日でね。花を届けることになってる。しかし、急な出張だ。すまんが、代りに届けてくれないか」

「私がですか。がっかりされて恨まれちゃ、かないません」

「いや、今夜行けなくなったってことは、もう話してある」

と、沢田は笑って、「あれも、君ならいやがらないだろう」

「私でよろしければ……」

「頼むよ。一日違うと意味がない」

「分りました」

「ホテルNのフラワーショップに行って、受け取ってくれ。注文してある」

沢田は、引替票を渡し、「それと、これが沙織のいるマンションの地図だ」

「かしこまりました」

「悪いが、よろしく」

「はい」

ドアが開いて、

「お車の用意ができました」

と、秘書が言った。

「すぐ行く。――じゃ、頼んだよ」

「お任せ下さい」

伊地知は、沢田があわただしく出かけて行くのを見送った。

そして――伊地知が馬渕沙織のマンションに着いたのは六時半。

大きな花束からは、花の匂いがむせるようだ。

ロビーのインタホンを鳴らすと、しばらくして、

「どなた?」

と、記憶にある声。

「伊地知です。沢田さんの代りに伺いました」

少しして、

「まあ、伊地知さん? どうぞ!」

思い出したらしい。扉がガラガラと開いた。

五階でエレベーターを降りると、ドアを開けて、沙織が顔を出した。

「ここよ!」

「――どうも」

伊地知はまずかしこまって、「沢田さんから、この花束を届けてくれと」

「ありがとう」

沙織は花束を受け取り、「重いのね！　高いでしょうね、きっと」

と笑った。

「持ちましょうか」

「大丈夫よ。上って下さいな。懐しいわ」

沙織は活き活きして見えた。

「失礼して……」

――そう広くはないが、しっかりした作りのマンションである。

「ソファに座ってて。今、コーヒーでもいれるわ」

「お構いなく」

沙織は少しして、花びんにあの花束をさして、居間へ持ち込んで来た。

「――ごぶさたして」

と、沙織が言った。

「こちらこそ」

「何だか変だわ」

と、沙織は笑って、「以前の部下なんですよ。気楽にして下さい」

その笑顔は、ハッとするほど輝いていた。

10　ネズミ狩り

「〈倉庫のネズミ〉？」

南村がビールを一気に飲み干して言った。「何だ、それ？　新しいゲームか何かか？」

沢田は、少し身をのり出して、

「説明する。だけどその前に約束してくれ。ここでの話は一切他言しないと」

「何だ、大げさだな」

と、南村は笑って、「晩飯をおごるって言うから、おかしいと思った」

「これは真面目な話なんだ」

と、沢田は、南村と伊地知の二人を見ながら言った。「力を貸してほしい。友人として頼むんだ」

「話してみろよ」

と、伊地知が言った。

「ああ……。しかし、協力できないということになったら、ここでの話は忘れてくれ。頼む」

「しつこいな。それは分った」

と、南村はうんざりした様子で、「早くしないと、俺一人で牛肉だけ食って帰っちまうぞ」

しゃぶしゃぶの鍋は、もうグツグツと煮立っていた。

――沢田は、〈倉庫のネズミ〉が誰なのか洗い出そうとしたが自分一人の手にはとても負えないとすぐに悟った。

仲間の手を借りる。それ以外にない。

しかし、誰に打ち明けるか、沢田は迷った。結局、こうして南村と伊地知を、しゃぶしゃぶの店に招んだのである。

同じ社宅の仲間といえば足立もいるが、足立は生真面目で、組合活動などに熱心なタイプだ。迷った挙句、声をかけなかった。

「〈倉庫のネズミ〉か。――チラッと聞いたな、その話」

と、伊地知が言った。

「本当か?」

「うん。あの工場のことで、何かチラシをまいた奴がいるとか……。どこで聞いたのかな、忘れちまった」

沢田は、脱いでそばに丸めて置いた上着を手に取ると、ポケットを探って、折りたたんだチラシを取り出した。

「これがそのチラシだ」

伊地知が受け取って開くと、南村も覗き込んだ。

二人はそれを読んで、当惑したように顔を見合わせた。

「――その〈倉庫のネズミ〉が誰なのか、見付けたい。手を貸してくれないか」

と、沢田は言った。

「ちょっと待て」

南村はチラシを手にして、「これは本当のことなのか」

「ありそうな話じゃないか」

と、伊地知が言って、ビールを飲み干した。

「沢田に訊いてるんだ。お前は知ってるんだろ?」

「事実だ。――社長がそう言った」

「社長が?」

「つまり、それは内部告発だ。社長はひどく怒ってる。その〈倉庫のネズミ〉を見付けたら――」

「本気か？　スパイをやるのか」

「――そういうことだ」

と、沢田は肯いた。

「沢田……。どうしてこんなことを引き受けたんだ？　社長は何を見返りに約束したんだ」

「それは……俺にも色々事情があるんだ。いやなら忘れてくれ」

南村は首を振って、

「俺だって、会社経営が汚いもんだってことぐらい知ってる。総会屋のこと一つ取っても、違法と分ってて、命令されりゃ何でもしなきゃならんのが俺たちの辛いところだ」

と言った。「しかしな、それとこれとは別だぞ。内部告発なんて、よほどの勇気と決意がなきゃできやしない。それで会社を動かすことはできんかもしれんが、少なくともあの工場近くの住民の目に触れれば、いくらか早く目がさめるかもしれん」

沢田は焦っていた。南村の反応は意外だったのだ。

「分った。分ったよ。――忘れてくれ」

「聞けよ、沢田。お前、こいつの正体を社長へ報告するのか？」

「――そう言われてる。仕方ないだろう！　俺だって好きでやってるんじゃない」

「じゃ、断れ」

「そうはいかないんだ。――説明できないが、色々わけがあって……」

沢田は息をついて、「俺がやらなくても、誰かがやる。それなら同じことだろう」

その理屈は、沢田が自分を納得させるのに有効だった。

「違うな。それは違う。――お前がやらなきゃ、お前は報酬を受け取れないんだ。それが目当てなんだろう?」

「もういい」

沢田は南村の手からチラシを引ったくるように取ると、「――声をかける相手を間違えたようだ」

「そうらしいな」

南村は不愉快さを隠さず、「どうせなら、しゃぶしゃぶを食ってから話してほしかったぜ」

と言うと立ち上った。

南村が行ってしまうと、沢田は汗を拭(ぬぐ)って言った。

「あいつがあんなタイプだとは思わなかった」

「知らなかったのか? 南村は大学のころ学生運動の闘士だったんだ」

伊地知の言葉に、沢田は青ざめた。

「知らなかったよ」

「そうか。——ま、今さら馬鹿なことはしないだろうけどな」

沢田は、しわくちゃになったチラシを広げて眺め、

「俺だって好きでやろうっていうんじゃないんだ」

と言った。「——伊地知。力を貸してくれないか」

「いいけど……。どうやって?」

「こんなことをやりそうな奴を捜すんだ。社長は急いでる。——早く成果を上げないと、こっちのクビが危い」

「えらいことを引き受けたな」

と、伊地知は笑って、「ま、俺はよく宴会に出る。そういうときにそれとなく探ってみるよ」

「頼む!——さ、食べよう。もう煮詰っちまう」

しゃぶしゃぶの鍋を二人でつつきながら、

「——〈倉庫のネズミ〉か。うまい名前だ」

と、伊地知が言った。「しかし、そのチラシを作った奴は、そういう事情を耳にする機会があったわけだ」

「うん。幹部自身ってことはないだろう。幹部の周りの誰かか……」

「秘書、あるいは課長クラスでも何人かいるだろうな」

「課長で、こんなことをやるか？」

「南村だって課長だぜ」

と、伊地知は笑って、ビールを注いだ。

「そうか……。まさか――」

「何だ？」

「まさか南村じゃないだろうな。当人にあんなことを……」

「おい、待てよ。あいつがやったと言ってるんじゃない。あいつがやってもおかしくないと言ってるんだ」

「分ってる。――分ってるよ」

沢田は肯いて、「飲めよ」

と、伊地知のコップへビールを注ぐ。

「――まずかったな」

と、しばらくして、沢田は首を振ると、「同じ社宅で、年中顔を合せるのに」

「南村だって子供じゃない。何も言わないさ」

「そうかな……。しかし、もし俺たちがこの〈倉庫のネズミ〉を見付けたとする。そいつがクビになったら、南村は怒るだろう」

「それはまあ……」

「みんなに言いふらされたら、こっちは困ったことになる」

「宮仕(みやづか)えの辛いところだ。まあ、あんまり気にするな」

伊地知は、現実的な人間だ。沢田は、まだ自分のしようとしていることに、後ろめたさを感じていた。

「――ともかく、具体的にどうするか、だな」

と、伊地知は言った。「このチラシだが、どれくらい広まってるんだ?」

「分らん。社員じゃなくて、工場の地元の住民に向けたものだろ。どんな形で配ってるのか……そうか。――配ってるところを押さえられれば……」

「あそこまで行くのか?　仕事を休んで?」

「毎日ってわけにはいかないな。ともかく休みの日に一度行ってみる」

と、沢田は言った。「さ、野菜を入れよう」

次の日曜日、沢田はあの工場まで出かけて行った。

もちろん工場は閉っている。沢田は、工場の周辺の住宅地を歩いてみた。

特にまだ、立て札とか貼り紙はない。

住民の間で運動が起るときは、やはりそれなりのステップがあるものだ。

沢田は、途中、ソバ屋へ入って軽く昼食をとりながら、店の中での客の話に耳を傾けていた。

しかし、今は特にあのチラシの話は出ていない。——この店一軒での話だ。安心するわけにはいかないが。

工場の敷地に沿って歩く内、ふと二階建のありふれたアパートの前を通りかかった。何となく覗いてみたくなったのは、入口に人影がなくて、すぐに郵便受がズラリと並んでいるのが目に入ったからだ。

アパートの中へ入った沢田は、誰かに見られないかとびくびくしながら、郵便受の鍵のついていない所を開けてみた。

フワリと一枚の紙が落ちる。何かの広告かと見えるその紙を、沢田は拾い上げて、一瞬息をのんだ。

〈倉庫のネズミ〉

あの、社長の野田から渡されたのと同じものだった。

沢田は並んでいる郵便受を一つずつ覗いて行った。——どの郵便受にもチラシが入っている。空になっている所は、もう住人が出して行ったのだろう。

沢田は、鍵のついていない郵便受は全部開けて、中のチラシを取り出した。鍵のかかった所も、差入口の隙間から指を入れて、届くものはつまみ出した。

しかし、チラシが入っているのは見えて分っていても、どうしても取り出せない所が何軒もあった。

「――畜生！」

沢田は汗をかいていた。手にした数枚のチラシをポケットへねじ込むと、アパートを出る。

誰かが、配って歩いている。それも、今日――それほど前のことではない。

沢田は、その道を辿りながら、個人の家もアパートも、郵便受を覗いて行った。やはりほとんどあのチラシが入れられている。

抜き取るにも限度があった。その一帯で噂になることは避けられまい。

それでも、大して意味がないことは分っていながら、目につくチラシはできるだけ抜き取って、三十枚近いチラシが手もとに集まった。

こんなことをしていてはきりがない。

そして、沢田は足を止めると、少し先の住宅から出て来た男を見つめて動けなかった。

向うから歩いて来たその男は、

「何だ。――沢田じゃないか」

「やあ……」

と言ったきり、沢田は何とも言えなかった。

「何してるんだ、こんな所で？」

と、足立は言った。

「いや、ちょっと用事で……」

返事になっていないが、今はうまい言いわけなど思い付かない。「足立、お前、どうしてこんな所に？」

「工場の落成式に出なかったからな、俺は」

と、足立は言った。「一度、どんな所か見ときたかったんだ。それと――」

と、今出て来た家の方を振り返って、

「あそこは高校の後輩の家でな。工場の従業員目当ての食べもの屋をやるって聞いてたんで、ちょっと会って来たんだ」

「そうか……」

「何持ってるんだ、それ？」

足立は、ふしぎそうに、沢田が手にしたチラシを見て言った。

「いや――何でもない。何でもないんだ」

沢田はあわてて、そのチラシを無理に二つに折った。

「そうか。――じゃあ、また」

「うん……」

沢田は、足立が行ってしまうと、息をついた。

足立が？――足立が〈ネズミ〉なのだろうか？

配られたばかりのチラシ。そこにいた足立……。

偶然とは思えない。

しかし、足立は沢田や、手にしたチラシの束を見ても、表情一つ変えなかったが……。

おそらく、沢田が気付く前に、足立の方で沢田を見付けていたのだ。沢田が何をしに来たかも、南村あたりから聞いていたのかもしれない。

足立が……。もし足立が〈倉庫のネズミ〉だったら……。

足立の娘、由紀子は、加奈子の親友だ。同じK女子大に通っていて、沢田も前からよく知っている。

その父親を、「内部告発した」として社長へ報告する。そんなことができるだろうか。

「――やるんだ」

と、沢田は呟いた。「やると決めたんだ。やるしかないんだ……」

いつの間にか、手の汗を吸って、チラシの束はねじれていた。

11　すれ違う思い

「やあ、こりゃ旨い」

と、伊地知はコーヒーを一口飲んで言った。

「沢田さん、コーヒーの味にうるさいの。やっと気に入ってもらえる豆を見付けたのよ」

と、馬渕沙織は言って、ソファで足を組んだ。

マンションの居間に、コーヒーの香りが溢れた。

「——飲まないんですか?」

と、伊地知は、ウーロン茶を飲んでいる沙織に言ってからすぐに、「ああ、失礼。うっかりしてました」

「いいえ、いいの。本当はね、一日に一、二杯のコーヒーなんて、赤ちゃんに影響ないってことなんだけど、やっぱり万一のこと、考えちゃう。——何て言っても、子供がいるといないじゃ、私みたいな立場って、大違いじゃない」

伊地知は、明るく見える沙織が、やはりそれなりに計算しているのだと知って、むしろ安心した。

「しかし、沢田さんはほとんどこっちへ帰られるんでしょう?」

「ええ。そうしないと私がすねて手がつけられなくなるから」

と、沙織は笑った。

「それでも、好きでなきゃ、段々遠ざかりますよ。——何だかあなたがオフィスで働いてたころ、どんな風だったか、よく思い出せませんね」

「それって、ちっとも仕事してなかったってことかしら?」

「いやいや……。でも、あなたが沢田さんとね……」

「私、チラッと聞いただけだけど——」

と、沙織は言った。「伊地知さんって、沢田さんと同期だったの?」

「全く一緒ってわけじゃないんです。ただ、四人で親しくしてて、しかも同じ社宅に住んで……。どこも一人娘だったんです」

「四人で?」

「二人はもうN工業にいません。もちろん、出世頭は沢田さんですよ」

沙織は、ふと真顔になって、

「私……気になってることがあるの」

「何です？」

「あの人……寝てるときに、時々寝言を言うのよ。『ネズミが――』って」

伊地知の顔から笑みが消えた。沙織は目ざとく気付いて、

「あなたも心当りがあるのね？」

と、身をのり出した。「あの人に訊いても何も教えてくれないの。ね、話して」

「それは……」

と、伊地知は困って、「――長くなりますよ。またいずれ、ってことにしましょう」

「あら、それならちょうど時間も時間だし、二人で食事に出ましょうよ」

と、沙織は立ち上った。「私、もうやたらとお腹が空くの！　一人で食べるのも味気ないし。せっかくの誕生日だもの、せめて、伊地知さん、祝ってよ。ね？」

そう言われると、伊地知としても逃げる口実がない。

「分りました」

と、諦めて、「ただ――本当なら、沢田さんは知られたくないでしょうから……」

「承知してるわ。決してあの人の前で、知ってるような気配は見せない」

伊地知も、そういう点、沙織が決していい加減なことを言う子でないことは知っている。

たとえば、甘えて見せるだけで沢田の愛人におさまった、というわけではないのだ。

こなしていた。

沙織は確かに男をひきつける魅力を持っていると同時に、充分仕事も責任感を持って

「――すぐ仕度するわ。近くだったら、Kホテルのレストランにしましょう」

「分りました。タクシーを呼びますよ」

と、伊地知は言った。

居間を出ようとした沙織は、振り向いて、

「この食事、私がおごるわ」

と、いたずらっぽく笑って、「昔、お世話になったお礼にね!」

「――どうだい」

と、三邦がベッドから出て言った。「こういう中年も、たまにゃ悪くないだろう」

女には自信があるらしく、その自負心を隠そうともしないところが笑える。

伊地知友江は、ベッドの中で退屈し切っていた。――面白くも何ともない。

「先生、若い子の扱いじゃベテランだものね」

と、少しおだててやると、三邦は、

「うん。僕の方から誘うわけじゃないんだよ。それでもね、これは、って子が、ふしぎと寄って来るんだ」

と得意げだ。

単位をやるから、その代りに、とホテルへ呼んでおいて、勝手なことを言ってる。

「──先生、単位、お願いね」

と、友江は言った。

「うん？　ああ、そうだったな」

「いやだ。忘れないでよ」

「君が可愛いんで、つい忘れてたよ」

と、ニヤついて、「──どうだい。これを機会に、時々会わないか」

「だって、もう卒業よ」

「いいじゃないか。ＯＬになっても、時間はあるだろ？」

「勤め先次第で、分んないもの」

友江はベッドに起き上ると、「今夜はもう帰るわ」

「シャワー、浴びるか？」

「いいえ。髪が濡れたら、乾かすのが大変。この寒いのに、風邪ひいちゃう」

友江は手早く服を着た。

三邦は、別に食事をおごるでもなく、帰り道、送ってくれるでもない。──友江の方に気がないことを察しているのだろう。

むろん友江の方も、下手に親切にされて、ズルズルと関係が続くのはごめんだった。

「――出ようか」

「ええ」

ホテルを出ると、風が冷たくて友江は震え上った。

「じゃ、僕はちょっと回る所があるんで」

と、三邦は言った。

「ええ、それじゃ」

「単位のことは心配するなよ」

「よろしく」

でなきゃ、誰が！――三邦の後ろ姿に、友江はちょっと舌を出してやった。

そして自分は逆の方へと歩き出して――ハッと足を止めた。

街灯の下、黙って友江を見つめているのは、奥村だった。

「奥村君……」

奥村は暗く、寂しげな目をして、

「今のが……君の恋人？」

と訊いた。

少しも怒ってはいない。――それが却って怖かった。

普通なら怒っても当然だろう。

「そんなんじゃないわ」

と、友江は言った。

「じゃ、どうしてホテルなんかに？」

友江は詰った。——何と言えばいいのだろう？

お金のため、などとは言えない。といって、「おじさん」の彼氏がいると聞いて、奥村がどう思うか。

「今の人はね——うちの女子大の先生」

と、結局正直に言うしかなかった。

しかし、少しは自分を被害者にしておきたいという気持が働いた。

「私……どうしてもあの三邦の授業に出られなくて——。三邦って、あの人の名ね。単位が取れなくて困ってたの。就職の内定まで取ってるのに、卒業できなかったら、全部やり直しだわ。今なんか、なかなか仕事が見付からないでしょ。それに、うちは卒業してから遊んで暮してられるような余裕ないの。働かないと」

「じゃあ、君は単位のために……」

「恥ずかしいけど……そうなの」

と、友江は少し目を伏せて、「三邦に言われたの。『ホテルに付合えば、単位をやる』って」

それを聞いて、奥村が少しは腹を立てるかと思った。

しかし、奥村はただ黙って、じっと友江を見つめている。——その目からは、奥村が何を考えているのか、全く分らなかった。

「——奥村君」

「それじゃ、君はあの男のことを愛してるわけじゃないんだね」

「当り前よ！　あんな人、好きになれるわけないじゃないの」

「そうか。——じゃ、もうあんな奴とホテルに入ったりしないね」

「しないわ。今夜限り。——ごめんね、がっかりしたでしょ？」

奥村は微笑んで、

「いいや。悪いのは、その三邦って奴で、君じゃない。そうだよ。君も、そんなことでやけになったりしちゃいけないよ。自分をしっかり持ってなきゃ」

この大真面目な説教くさいセリフを、本心から言っている奥村に、友江はいくらか感心した。

多少は馬鹿にしているところもあったが、少なくとも三邦のように自意識過剰な男よりましだ。

「——ね、奥村君」

と、友江は言った。「もし……いやでなかったら、ご飯食べに行かない？　私、お腹ペコペコなの」

「いいよ、もちろん」

奥村は心から嬉しそうに言った。

いくら割り切って三邦と寝たつもりの友江でも、いささか自己嫌悪に陥っていた。

奥村の、いつもなら煩（わずら）わしい誠実さが、今は救いに感じられる。

「じゃ、安くて量の食べられるイタリアン、知ってるの。食べに行こう」

「うん、どこでもいいよ」

奥村は幸せそうだった。

友江は、とりあえず……奥村を喜ばせてやることに、抵抗を覚えなかったのである……。

12　裏切りの報酬

地下の駐車場へ下りて行くと、社長の野田の大きなリムジンがすぐ目に入った。

沢田は、ちょっと左右へ目をやってから、急いでリムジンへと近寄り、窓を軽く叩(たた)いた。

ドアが中から開く。

「入れ」

と、野田が言った。

「失礼します」

沢田が乗って、野田と向い合った座席に身を沈める。

「——何の用か分ってるな」

と、野田は言った。

「〈倉庫のネズミ〉のことは——今、調査中です。もう少しお待ちを……」

と、沢田は言ったが、

「待てん」

と、野田はスパッと刃物で切るように、「昨日、周囲の住民から質問状が届いた。内容は、どう見ても、あのチラシを読んで作ったものだ」

そうか。——何事もない方がふしぎである。

「住民運動に広がる恐れもある。今の内に、〈ネズミ〉を退治しておかんと、極秘資料などを盗まれる心配もある。——気の毒だが、待ってはおられんな。社内に対策委員会を作る」

「待って下さい」

沢田は焦った。——野田が保証人になってくれて、妻の兄の借金、二千万を都合できたのだ。

もちろん、これからその借金は返すのだが、これまでのサラ金などと違って、長くはかかっても、「まとも」な返済である。

「借金のことを気にしてるのか」

と、野田は言った。「まあいい。今すぐ全額返せなどとあくどいことは言わん」

「そんなことを考えているわけでは……。ただ、このご恩に報(むく)いられないのでは、自分が許せません」

「しかし、〈ネズミ〉が誰か、突き止める目途(めど)は立っとらんのだろう」

そう言われて、沢田は反射的に、

「いいえ！」

と、答えていた。

「いいえ、というのは、どういう意味だ？」

「あの……実は心当りが」

「話してみろ」

沢田はためらったが、今さら止められなかった。

「業務一課長の足立です。足立哲次。彼が〈倉庫のネズミ〉だと思います」

一気に言って——血の気がひく。

言ってしまった。言ってしまったのだ。

出てしまった名前は、もう消せない……。

「足立か……」

野田は指先で顎をなでながら、「なぜ足立だと？」

沢田は、工場近くのアパートでチラシを見付けた後、足立とバッタリ会ったいきさつを話し、

「偶然とは思えません」

「なるほど。——それは確かに怪しい」

と、野田は肯いて、「なぜ黙っていた」

「いえ……。何かはっきりした証拠が、と思いました。特に——足立は同じ社宅で、子供同士、親友なのです」

「そうか。——しかし、これは警察の捜査ではない。証拠など待っていたら、いつまでも手が出せんことになる」

「はあ……」

沢田の額に汗が浮んでいた。

「——ご苦労。もう行っていい」

と、野田が肯いて言った。

「社長、足立は——」

「もう忘れろ」

と、野田は遮って、「この先は俺の決めることだ。お前の仕事はここまでだ」

「はい……」

「もう行け」

——沢田は、リムジンを降りて、駐車場からロビーへと上った。

膝が震える。汗が止らなかった。

嘘は言っていない。おそらく、足立はあのときチラシを配っていたのだろう。

だが、

「絶対にそうか？」

と問われたら答えられない。

もし、チラシを本当に足立が配っていたとしても、作成したのとは別かもしれないのだ。

だが——もう遅い。

もう、役目はすんだ。ことは手を離れたのだ。

ロビーからエレベーターで上ろうと待っていると、ポンと肩を叩かれ、振り向く。

足立がニヤニヤしながら立っていた。

「やあ。——どうしたんだ？　気分でも悪いのか」

と、足立は言った。

「いや、何でもない……」

「二日酔か？　そんな顔だ」

「かもしれない」

エレベーターが来て、二人で乗る。

「——聞いたか？」

と、足立が言った。

「何を？」

「あの工場のことで、内部告発のチラシを配った奴がいるんだってな」

「――そんな話だな」

「俺はまた、沢田が配ったのかと思った」

「――俺が？」

「あそこでバッタリ会ったとき、お前、ひどくあわててたじゃないか。手にチラシの束みたいなの、持ってたし」

足立は少し声をひそめて、「もしそうなら言ってくれ。力になるぞ」

俺がやった？――沢田はわけが分らなくなった。

「俺じゃないよ」

「そうか？　それならいいが……。ま、会社も、たまにゃ痛い目に遭った方がいい。そうでないと、何でもできるって気にさせるからな、社長を」

エレベーターを降りて別れると、沢田は足立の後ろ姿を見送った。

あれが演技なら、凄い役者だ。

ともかく、沢田は席へ戻った。

仕事に没頭して、何もかも忘れたかった。――しかし、その余裕もなく、会社の中を、ある情報が駆け巡った。

「——足立がクビになったぞ」

「内部告発のチラシを作ったんだって」

沢田が野田に話した、わずか三十分後、足立は、ロッカーの中の私物を持ってN工業を去ることになったのだ。


「——あなた」

帰宅すると、妻の弓子が出て来て、

「夕方、銀行から電話が……」

「銀行？」

沢田は上って、「借金の催促（さいそく）か」

「違うの。二百万円の振り込みがあったって。——何のお金か分る？」

「二百万？」

「今どき、お金の入ってくるあてなんかないのに、と思って」

と、弓子は言った。「もちろん、ありがたいけど、『間違いでした』なんて持ってかれたらね」

「ああ……」

電話が鳴っている。沢田は急いで出た。

「沢田です」

「ああ、野田だ」

「社長……」

「素早かったろう？　あれでこそ、効果があるんだ」

「しかし……」

「もう忘れろ。――足立が〈ネズミ〉でないという可能性もある。しかし、ああして有無を言わさず辞めさせたことで、本当の〈ネズミ〉もおとなしくするだろう。それならそれで、目的は達したことになる」

「はあ……」

「報酬を振り込んだ。連絡があったか」

沢田は愕然として、

「じゃ、あの金は……」

「正当な報酬だ。受け取れ」

「はあ……」

「他にも〈ネズミ〉がいたら、知らせるんだ。いいな？　これで終りじゃない。期待してるぞ」

――沢田はしばらく受話器を手に立っていた。

「あなた……。社長さんから？」

「うん。——二百万は、社長から直接頼まれた仕事の報酬だ」

「あら、それじゃいただいておいて構わないのね！」

弓子は手を打って、「助かったわ！」

「ああ、ちゃんと働いて得た金だ。堂々ともらっとけばいい」

「良かったわ！」

弓子は、沢田のネクタイを受け取って、「でも、何のお仕事をしたの？」

「それは——社外秘だ」

と、沢田は言った。


社宅近くのスーパーマーケット。

沢田が、弓子、加奈子と買物に行ったのは、土曜日の夕方だった。

社宅の住人はほとんどここを使うので、知っている顔がいくつもいる。

「——足立さん、もう部屋を出たのよ」

と、社宅の住人が言った。「由紀子も、昨日退学届出したって、……」

「そう。大変ね」

と、弓子が言った。「でも、これぱっかりはどうしようもないわ」

——沢田は聞いていないふりをした。

ガラガラとカートを押して行くと、

「あら、南村さん」

と、弓子が言った。

バッタリ出くわしたのは、南村とその妻——確か、のぞみと言った。

「今日は」

加奈子も知っているから、会釈したが、南村の方は応じなかった。

沢田は南村に小さく会釈して、すれ違って別れようとしたが——。

南村が足を止め、振り向いた。

「仲間をいくらで売ったんだ、沢田？」

と、大きな声で言う。「同じ社宅からか……。よくやったな」

沢田は足を止めた。

沢田は、それでも精一杯、この場を冗談で切り抜けようとした。

「何を言ってるんだ」

と、笑って、「妙なこと言わないでくれ」

同時に、沢田は真剣な目で南村を見つめていた。

お願いだ。ここではやめてくれ。頼む！

南村だって、沢田のその目の言うことが分らなかったはずはない。

しかし、南村はあえて沢田の哀願をはねつけたのだ。

「妙なことでも何でもない。分ってるくせに何を知らん顔してるんだ？」と、南村は言った。「そうか。奥さんや娘さんに知られたくないのか。しかし、ど
うせ分るんだ。今、俺から言ってやろう」

沢田は顔から血の気のひくのを感じた。何を言ってもむだだ。こいつは、とことんやる気だ。

「あなた、おやめなさいよ」

南村の細君が夫を止めようとしたが、

「やめられるか！　同じ社宅で一緒にやって来た仲間を密告して売ったんだぞ」

スーパー中に響き渡るような声で言う。——沢田は、もう隠してもむだだと思った。

しかし、今、妻と娘の前で言うことはないだろう。

「沢田、社長からおほめの言葉はあったのか？」

沢田は拳を固めて南村へ殴りかかった。

「あなた！」

弓子が叫ぶように言った。

しかし、沢田は喧嘩などしたこともない。拳は南村の顔面を捉えたが、相手をノッ

クアウトするどころか、たじろがせる効果もなかった。

　南村は声を上げて笑ったのだ。

「殴ったつもりか、それでも」

「南村……。こんな所で、卑怯だぞ」

と、沢田は両手を固めて相対した。

「卑怯だと？」

　南村が冷ややかに沢田を見て、「内部告発の犯人だと社長に密告して、同僚を追い出すより卑怯だっていうのか！」

　一番衝撃を受けているのが誰か、沢田にも分っていた。

「お父さん……」

　加奈子が真青になって、「本当に？――由紀子のパパを……」

「やめなさい」

　事情を察した弓子が、加奈子を止めた。

「加奈子。今はやめて」

「いやよ！　お父さん、答えてよ！」

　加奈子が母の手を振り切った。

　しかし、沢田は答えなかった。何と答えれば良かったのだ？　どう答えようがあったというのだ？

「お父さん……」

加奈子がよろけるように父親から離れた。遠ざかった。

「加奈子」

と、弓子が娘の肩を抱いて、「さ、買物をすませて帰りましょ」

加奈子は逆らう気力も失せたのか、カートにつかまるようにして歩き出した。

沢田は、南村とにらみ合いながら、妻がカートのカゴの中へ品物を入れる音を背中で聞いていた。

その強さ、「日常の暮し」というものに立ち戻ることで平静を保てる妻のことが、羨しかった。

スーパーの中の客は、みんな買物の手を止めて、南村と沢田のやり合うのを聞いていた。

明日といわず、今日中に、足立を会社から追い出したのが沢田だということ――正確にはそうではないにしても――は、社宅中に知れ渡るだろう。

「――あなた、行きましょう」

弓子の声に、沢田は我に返った。怒りが一気に冷えて行った。

「失礼」

沢田は、南村の細君の方へひと言言って、カートをレジへ押して行く妻と娘の後についで行った……。

13　急流

「〈ネズミ〉ね……」

と、馬渕沙織は肯いた。「そういう意味だったのね、〈ネズミ〉って」

Kホテルの最上階にあるレストラン。

伊地知と沙織は、二人で食事をとっていた。

沙織の誕生日、沢田が急な出張になって、伊地知はいわば「代役」で、このフランス料理を味わっている、というわけだ。

「――そんなことがあったの」

と、沙織は言った。「その傷をずっと引きずってるってわけね」

伊地知は、黙って食事を続けていた。

言ってはいけない。――人に話すことではない。

特に沢田の愛人になど、とんでもないことだ。

「伊地知さん」

と、沙織はフランスパンをちぎりながら、

「まだ何か言い足りないのね。隠してることがあるのね。そうでしょう」

「もう充分でしょう」

と、伊地知は首を振った。「これだけだって、あなたにしゃべったと分ったら、たちまちクビだ」

「いやだわ。かつての部下を、もう少し信用してもいいんじゃない？」

沙織は、ミネラルウォーターを飲んで、

「ワインじゃないと、何だか盛り上らないわね」

お腹の子供のために、アルコールを絶っているのである。

「伊地知さん」

「何です？」

「帰りましょうか、もう」

伊地知は呆気に取られて、

「まだコースの途中ですよ」

と言った。「もちろん――ご気分でも悪ければ……」

「悪いわよ。あなたが途中で話をやめるんだもの」

「途中で、と言われても……。どこが終りと決っちゃいません」

「でも、フルコースを途中でやめたら、やっぱり変でしょ?」

伊地知は笑って、

「そういう意味ですか。——しかし、料理とあの一件と、一緒にしないで下さい」

「もうだめよ。話し始めたんだから、続けてくれないと。——同じことでしょ」

「そうも言えませんよ」

「じゃ、私、あなたから聞いたって沢田に言うわよ」

「ちょっと、それは——」

「何もかも話してくれたら、黙っててあげる」

伊地知は降参した。

「分りました。しかし……今度は僕自身も係ってくるんでね。本当に、ここだけの話にして下さいよ」

「くどい!」

と、ひと言。

確かに、沙織はそういうけじめは心得ている。——沢田の愛人という立場ではあるが「自分」というものを捨てていない。

「——お分りでしょう」

と、伊地知が言った。「沢田さんがどんな状況に置かれることになったか」

「おはよう」

と、沢田はダイニングへ入って来ると言った。

「あなた、食べて行く時間あるの？」

と、弓子がキッチンで振り向く。

「うん……。軽くでいい」

沢田が椅子を引いて座ると、食事の途中だった加奈子がパッと立ち上った。

「加奈子。――残さないで」

と、弓子が注意するが、

「遅れる」

とだけ言って、加奈子はダイニングから出て行った。

沢田は、無言でコーヒーを飲んだ。

玄関で音がして、弓子が急いで出て行くと、加奈子が靴をはいている。

「行って来ます、ぐらい言いなさい」

と、弓子は言った。

加奈子は頑なに口を閉じて、出て行った。

弓子がダイニングへ戻ると、

「行ったか」

と、沢田は言った。「仕方ない。叱るな」

「今だけだわ。その内——」

「社宅にいる限りは、同じさ」

沢田は投げやりな口調で、「俺だって、一歩外へ出りゃ、みんな挨拶もして来ない。伊地知くらいのもんだ。前の通りに声をかけてくれるのは」

「伊地知さん、心配なさってたわ。あなたが体でもこわさないかって」

弓子は、自分もコーヒーをカップへ注いで椅子にかけると、

「私は分ってる。——あなたがどうしてそんな仕事を引き受けなきゃいけなかったか。ごめんなさい」

「よせ。俺だってこんなことになるとは思わなかったんだ。——足立には気の毒なことをした」

「でも、あなたがクビにしたわけじゃないわ」

「ああ。だからといって、社長を責めるのか？　今度はこっちがクビだ」

沢田は、あえて訊かなかった。——弓子はどうなのか。

この社宅にいるということは、沢田が会社で冷たい視線を浴びているのと変らないのだ。弓子は夫に対して申しわけないと思っている。だから口にはしないが、おそら

く他の奥さんたちから何も言われていないはずはない……。

「食べて行くよ、少し遅くなっても」

と、沢田は言った。「みんなと顔を合わさずにすむしな」

「ええ……」

弓子は立ち上った。

玄関のチャイムが鳴って、

「俺が出る」

と、沢田は立ち上った。

「――伊地知だ」

玄関へ出て行くと、ドア越しに声がした。

「待ってくれ」

沢田は鍵をあけた。

「――沢田、ちょっと来てくれ」

伊地知はもう出勤するところだったらしい。

「何だ？」

「ともかく、一緒に来い」

伊地知の言葉には、何かただごとでないものがあった。

急いでサンダルをはき、沢田は伊地知について行った……。

——出勤途中の社員たちが、さすがに足を止めている。主婦の数人が固まって肯き合っていた。

「失礼」

と、伊地知が声をかけたのは、沢田が来たと知らせるためだった。

主婦たちはあわてて行ってしまった。

沢田も、伊地知に駐車場へ引張って行かれるのだと分って、予測はしていた。しかし、現実は、予想をずっと上回っていた。

沢田の車が、窓は叩き割られ、ボディはあちこちへこみ、タイヤは切り裂かれて、しかも赤いペンキが吹きつけてあった。

「——沢田」

と、伊地知が言った。「これはひど過ぎる。警察へ届けよう」

沢田は答えなかった。——ショックを受けるより、感覚がマヒしてしまったようで、どうせやるのなら、ペンキをただめちゃくちゃに吹きつけるだけじゃなくて、〈裏切り者！〉とでも書いて行け！

もしかして、やった奴は字を知らなかったのかな、〈裏切り者〉って字を？

とても一人でやったことではない。何人かが、車を壊したりしながら、

「〈裏切り者〉ってどう書くんだっけ？」

などと悩んでいるのを想像すると、おかしかった。

「全く、何てことだ」

伊地知がため息をついて、「な、沢田、ちゃんと届けた方がいい」

と、くり返す。

沢田が答える前に、通りかかった一人が足を止めて、

「雷でも落ちたのか」

と言った。

南村だった。

「雷でペンキはないだろう」

と、伊地知が言った。「南村、こんなことはやめさせろ」

「俺がやらせたんじゃないぞ」

南村は言ったが、明らかに面白がっている。

「だとしても、分るだろう、誰がやったのか！」

「そしたら、どうするんだ？　また社長へ告げ口するのか？」

「南村――」

「放っとけ」

と、沢田は言った。「言いたきゃ言え」

「ほう、開き直ったか」

南村は笑って、「俺は行く。遅刻したくないからな。――沢田はいいんだろう。遅刻にならないのか。社長のお気に入りだからな」

南村が行ってしまうと、

「あいつ！　いくら何でもひどい！」

伊地知が腹立たしげに言うと、

「お前も、もう行ってくれ」

と、沢田は言った。

「沢田……」

「この車を何とかしないと……。午後から出社すると伝えてくれないか」

「分った」

伊地知は肯いて、「何か、力になれることがあったら言ってくれ」

「ありがとう」

沢田は肯いて、じっと車を眺めていた。――しかし、その目は、何も見ていなかったのだ。ただその場から動けなかったのである。

秘書の加藤が、沢田を見てけげんな表情を見せた。

「何の用です？　社長は今、お食事中ですが」

「お話ししたいことがあるんでね」

と、沢田は言った。「伺ってみてくれ」

「しかし……」

加藤は迷ったが、「じゃ、ここで待って下さい」

と、レストランの奥へ入って行く。

どことなく、いつもの沢田と違う、と感じたのかもしれない。事実、沢田は少しも遠慮がちな、おずおずしたところがなかったのである。

――午後の仕事はすでに始まっていた。

沢田は、野田社長の女性秘書から、このレストランのことを聞いて、課の部下へは、

「ちょっと出てくる」

とだけ言って来た。

以前なら、

「どこへ行くんですか？」

と、気楽に訊いて来た女子社員も、今は何も言わない。

沢田がいると、課の誰も口をきかず、お葬式のようである。今ごろ、ホッとしてお

しゃべりしているか、あるいは沢田のことをあれこれ噂しているか……。

いや、そんなことは、もうどうでもいい。

「——社長がお会いになるそうです」

と、加藤が戻って来て言った。「一番奥の個室です」

加藤はどうやら社長が沢田を気に入っているのが面白くない様子だ。しかし、沢田は全く気にせずにレストランの奥へと入って行った。

個室の中で、一人で食事をして、おいしいのだろうか。——沢田にはふしぎだが、野田社長は食欲旺盛に食べまくっていた。

「入れ。——昼飯を一緒にどうだ」

「いえ、もうすませましたから」

「どうせざるそばか何かだろう。食べんと元気が出ないぞ」

「飲物だけいただきます」

と、沢田は言って、「——〈倉庫のネズミ〉のことで、新しい事実が」

「何だ?」

「工場近くの一戸一戸の家に、社長を中傷する文書がまかれています。署名は〈倉庫のネズミ〉で……。社長が建設前に地元住民に対して約束した、『地元から従業員の二割を雇う』というのは初めからでたらめだ、という内容で、ほんの数人、それも正社員でなく、アルバイトだということも……」

「ま、それは事実だがな」

と、野田は笑って言った。「すると何か？　〈倉庫のネズミ〉は、あの足立ではなかったということか」

「新しく分ったことというのは、〈倉庫のネズミ〉が複数だということです」

と、沢田は言った。「少なくとも社内に五、六人はいて、お互い、情報交換をしています」

野田の顔から笑みが消えた。

「分ってるのか、その連中は」

「全員はまだです。——実は今回のことでは、同じ社宅仲間の伊地知君にずいぶん助けてもらいました。彼はとても顔が広いので——」

「分っている分だけでもいい。誰と誰だ？」

ウエイターが入って来て、

「お食事はおすみでございますか」

と言った。

「僕にコーヒーを」

と、沢田は注文して、「社長、ゆっくり召し上って下さい。社長がお元気でなければ、みんなが困るのですから」

「――分った」

野田は、一旦置いたナイフとフォークをもう一度取り上げた。

「住民集会を呼びかけているのは、南村です」

と沢田は言った。

「南村か！　恩知らずめ！」

「ですが、社長、足立のときのようにクビにしないで下さい」

「どうしてだ？」

「クビでは、社宅にいることもできません。私は恨まれても構いませんが、妻と娘が……」

「――そうか。気が付かなかった。それは悪いことをしたな」

「どこか子会社へ出向、という形はとれないでしょうか？　そうすれば社宅にも住んでいられますし。あそこの子はいい子です。うちの娘とも仲良しで……」

「分った」

と、野田は肯いた。「南村以外では？」

「南村がリーダー格のようです。他に五、六人。――ほぼはっきりしているのは、経理の花田、それから庶務の木島則子……」

沢田はその二人の名を挙げて、「他も今、当っています。二、三日の内にははっきりすると思いますが」

野田は、皿をきれいに平らげて、

「よくやった！　この料理のように、一人残らず、片付けてしまうんだ」

「はい」

コーヒーが来て、沢田はブラックのまま静かに飲んだ。

カップを持つ手は少しも震えなかった。

「それって……」

と、沙織が言った。「どういうことなの？」

食後のコーヒーはやめていたが、今日はアメリカンにして飲んでいた。

伊地知は苦みの強いコーヒーでワインの酔いがさめていくのを感じていた。

「どうもこうもありません。そういうことなんです」

と、伊地知は言った。

「つまり……あなたと沢田で、何人も見付けたの？」

「捜しやしません。南村は沢田さんとしても、どうしても放っておけなかった。しかし、クビでは南村のこと、訴えかねませんからね、会社を。それで子会社への出向を

「……」

「辞令が？」

「その日の内にです。次の日から子会社へ行けと。——一応都内ですが、下町の小さな町工場みたいな所でした」

沙織は目を見開いて、

「じゃ、それ以外の人は？」

「沢田さんと僕とで、社員名簿を見ながら、適当に選んだんです」

と、伊地知は言った。「話を本当らしくするために、多少は経歴を見たり、入社試験での作文を引張り出して読んだり……。女性は親もとから通っている子を選びました」

「じゃ、〈倉庫のネズミ〉とは何の関係もない人たちなのね！」

「もちろんそうです」

「——どうしてそんなことを？」

「一つは、社長が期待していたからです。沢田さんは、その期待に応えなくちゃならなかった。——社長は沢田さんを信じたんです」

沙織が思わず目を閉じた。

「もう一つは、沢田さんが社宅の中で追いつめられていたことです。自分が社宅を出て行くか、でなければ——みんなに恐れられる存在になることしかなかった」

「恐れられる……」

「南村の出向、他の社員の突然の配転。それも、経理一筋のエリートを日用品の管理へ回したりしたんですから、辞めろと言っているようなものです」

「それで……」

「むろん、誰のせいか、みんなにも分っていました。社宅にもアッという間に広まって、そして沢田さんの狙った通りになりました。いやがらせや無視はピタリと止んで、誰もが道で会えば愛想よく挨拶し、弓子さんにも話しかけてくるようになったんです。つまり、沢田さんに嫌われたら大変だ、というわけで、急にご機嫌を取り出したんです」

沙織は肯いた。

「——それで終り？」

「いいえ。沢田さんのご機嫌を取ろうとして『あの人も怪しい』と密告してくる人がいました。その中に、本当に〈倉庫のネズミ〉の一人だったらしい男もいて、工場の地元での住民組織も自然に消えてしまいました」

沙織はコーヒーがさめていくのも忘れていた。

「結局……何人？」

「十五人でした」

と、伊地知は言った。「社長は沢田さんに結局五百万近い金を払ったはずです。──僕もその三分の一はいただきましたが」

「そんなに！」

「社長は沢田さんのあげた成果に満足していました。──翌年には部長になり、そして異例の早さで取締役。家を建て、社宅からも出て行った、というわけです」

「よく呪い殺されずにすんだわね」

「沙織さん。──約束ですよ。沢田さんに黙っていると」

「分ってるわ」

と、沙織は肯いたものの、想像以上のショックを受けていることは見てとれた。

「──もう一杯、コーヒーを頼んでもいいですか？」

と、伊地知は言った。

14　代理人

「お願い」

と、由紀子がくり返した。「ね、加奈子。いいでしょ？」

「だって、そんな……」

加奈子も同じ言葉をくり返していた。

「もう約束の時間になっちゃう。加奈子、お願い。代りに行って」

――由紀子からの電話は、朝の八時ごろかかって来た。

まだ、眠っていた加奈子は、半分しか目がさめていない状態で電話に出たのだが
……、

「――由紀子、電話して行けなくなった、って言えばいいじゃないの」

「今日の美術展はね、村越君が凄く見たがってたの。だから私のせいで行けなかった
なんてことにしたくないのよ」

と、由紀子も何度めかの説明をくり返した。

「だって……私、これから仕度するんだから、出るまでに三十分はかかるよ」

「大丈夫。村越君はちゃんと待ってるから」

「でも、由紀子と久しぶりに会えるの、楽しみにしてるのに、私がノコノコ行くのなんて……」

「加奈子ならいいわよ。私も他の子には行かせたくない。加奈子なら安心してられるもん！」

少しの間、加奈子は黙っていたが、

「——分った」

と言った。「じゃあ行く」

「ありがとう、加奈子！　旅行には必ず行くから、そのためにも、今日はどうしても休めないの」

「じゃ、村越さんに連絡しといてね」

「うん、分ってる。じゃ、よろしくね、加奈子」

由紀子は電話を切った。

「——誰からだったの？」

母の早苗が顔を出した。

「かかって来たんじゃないの。こっちからかけたのよ」

と、由紀子は言った。「私も出かけるわね。――大丈夫？」

「いつも一人でいて何ともないでしょ」

と、早苗はふくれっつらになる。

由紀子には、加奈子が断り切れないだろうと分っていた。

加奈子はいつも由紀子に対して負い目を持っているのだ。

それに――村越喜男のことを加奈子がどう思っているにせよ、由紀子の直感では加奈子は村越にひかれるようになる。

今にきっと。――そうなれば、もっと加奈子は悩むことになるだろう。

由紀子の恋人を奪った、ということになるからだ。

由紀子が外出の仕度をしていると、電話が鳴った。

「――はい」

「由紀子か」

寺田だった。「今日は出るのか」

「あの……今日は早番なんです」

「休め」

「でも――」

「社長の俺が言うんだ。構わん。言っといてやる」

「待って下さい」

と、由紀子は急いで言った。「私が連絡して、誰かに代ってもらいます」

「そうか。――ま、どっちでもいい。今日、客を招んでのゴルフだったんだが、向うが倒れてな。中止になった」

「倒れて?」

「心筋梗塞らしい。俺もその内なるかもしれんがな」

と、寺田は笑った。「というわけで、時間ができた。郊外へドライブしよう」

「はい」

寺田を上機嫌にさせておけば、別れるときにこづかいをくれる。――母に何かおいしいものを食べさせたい。

「三十分したら、マンションの駐車場にいる」

「分りました」

由紀子は、ともかく電話を切った。――外へ出てから、店へかけよう。

「――行ってくるわね」

十五分ほどで仕度をして、母に声をかける。

「はい、行ってらっしゃい」

早苗が玄関へ出てくる。

「何かあったら、PHSへかけてね」

「ああ、あの長い番号ね」

「メモ、貼ってあるよね」

「ええ、台所にも寝室にもね」

「じゃ、行って来ます！」

元気よく玄関のドアを開けて、「鍵、かけてくれる？」

「はいはい」

「じゃあね」

由紀子は、廊下へ出ると、少し行って足を止め、じっと耳を澄ましていた。

「――だめだ」

鍵のかかる音がしない。母は、もう忘れてしまっているのだ。

バッグから鍵を出して、かけに戻る。

こんなとき、ふっと涙がこぼれそうになる。

あんなに元気で、気丈だった母が……。

でも仕方ない。――母のせいではない。

由紀子は、マンションのロビーへ下りると、一旦表に出て、公衆電話で店にかけた。

「出られなくなった」

と言っても、文句を言う者はない。

誰もが、社長の寺田と由紀子のことを知っているからだ。

しかし、心配してもくれない。——もし由紀子が病気になったり、寺田に捨てられても、誰も同情してはくれないだろう。

——ともかく、レジが一人減ると大変なので、何人かの自宅へ電話して、代ってくれる子を捜した。

割合にクールな面白い新人がいて、その子が引き受けてくれた。

「悪いわね。お礼するから」

と、由紀子が言うと、

「〈P〉のパスタ、おごって下さい」

最近若者に人気の店である。

「分ったわ」

はっきり言ってくれるので、却って気が楽だ。

ともかく代りが見付かって安心した。

寺田の車が駐車場へ入って行くのが見えた。

由紀子は、心構えをする間、しばらく一人で立っていた。

ドライブといっても、当然どこかで由紀子を抱くつもりだ。拒むわけにはいかなかった。
一つ心配なのは、今が危険な時期に当っていることだった。
そんなことに気をつかってくれる寺田ではない。——何とかなる、何とか。
由紀子は、一つ大きく息をつくと、駐車場の入口へと歩き出した。
いけない。──いけない。
あの人は由紀子の彼なのだ。
そう思っても、加奈子の足どりが速くなるのは北風のせいばかりではなかった。
約束の場所は、美術館の向いにあるティールーム。
ガラス越しに、本を開いている村越の姿が見えた。
加奈子の胸がときめく。——何を話そう。何をしよう。
でも、忘れないで！　由紀子の代理なのだから。
通りから手を振ると、気付いた村越が目をみはる。
そのとき、加奈子は気付いた。——彼は由紀子が来ると思っていたのだ。
「ごめんなさい。代理で」
と、加奈子は言った。「てっきり由紀子から連絡が入ってると思ってた」
「いいんだよ」

と、村越は首を振って、「携帯にも何も入ってない。――きっと、電話するひまがなかったんだろ」

「――どうします？」

と、加奈子はコーヒーを飲みながら、「もし、村越さん、一人の方が良ければ私……」

「どうして？　せっかく来てくれたのに」

村越は明るく言った。「君、何か予定はないの？」

「ええ、別に……」

「じゃ、一緒に見よう。早めに並んだ方が、混まなくていい」

「はい」

「あ、そのコーヒー、飲んでからでいいよ」

「いえ、特に飲みたいわけじゃ……」

加奈子とティールームを出て、道の向い側の美術館へと渡りながら、

「いつも由紀子に言われたよ」

と、村越が言った。「『あなたって、好きなこととなると、他人のことなんか目に入らなくなるんだから』って、いつも、デートすると一回は叱られた」

叱れるほど、お互いを分っている仲だったのだ。それは加奈子にとって羨しいこ

とだった。

「――わあ、凄い」

開館前二十分だというのに、入場券売場の前に、長い行列ができていた。ただ、今なら、一応建物の中に並べる。外で風に吹かれているよりはずっと楽だ。

「由紀子、可哀そうだな」

と、加奈子は言った。「急に仕事が入ったって……」

「そうだね」

村越の言い方がやや素気ないのが気になった。

「村越さん。――由紀子の言うこと、信じてないの？」

「そういうわけじゃない。でもね、前にもこんなことがあって、途中でスーパーに電話入れてみた。『今日は休んでます』って言われてね……」

「そうですか……」

「確かに大変だろうとは思うよ。でも、正直に言ってくれれば……。僕だって、できるだけのことをして、由紀子を助けてやれるのにな」

村越はもどかしげに言った。

「でも――由紀子はそういうとき弱味を見せたがらない子だから」

「うん、そうだね。――彼女が弱音を吐くのを聞いたことないものな」

村越は肯いて、「でも——男だからってわけじゃないけど、そういうときに、何でも言えるのが本当に仲のいい友だちってもんだろ？」

私なら——。私なら、泣きたいときはあなたの胸で泣くのに。

加奈子はその言葉をのみ込んだ。

「お父さんが亡くなって、彼女一人がスーパーで働いてるんだろ？　それで生活していけるのかな。僕もよく分らないけど」

加奈子も、由紀子の父親のこととなると、何も言えない。

「ねえ、君のお父さんと由紀子のお父さん、同じ職場にいたんだろ」

村越の言葉にドキッとして、加奈子は思わず目を伏せてしまった。

「由紀子のお父さんが自殺したって話だけど——君、何かそのわけを知ってる？」

加奈子は、「ごめんなさい！」と叫んで逃げ出してしまいたかった。彼の問いに答えられないで、どうして「好きだ」なんて言えるだろうか。

「村越さん、私——」

もう帰ろう。やっぱり私は「代理」でしかないのだ。

すると、そのとき、

「デートのときに、他の女の子のことばっかり訊いて。エチケット違反ですよ」

と、誰かが言った。

振り向いた加奈子は、思いがけない顔を見た。

「かおる！」

相変らずニコニコと人なつっこい笑顔の南村かおるが立っていたのである。

15　単位

「はい、事務室です」

「もしもし。三邦だけどね」

「あ、三邦先生、今お電話しようと思ってたんです。単位の足りない子が――」

「うん、分ってる。遅くなってすまないね。何とかレポートを出させたりして、単位を取らせてやろうと思ったんでね」

「もう、時間的に間に合わなくなっちゃうんですけど」

「分ってる。しかし、何もなしに単位だけやるというのは、教師として良心が許さないからね」

「それで、三人いるんですね、単位不足の学生が」

「うん。ええと……伊藤哲子と伊地知友江の二人は、レポート提出で、単位を取得と認める」

「伊藤……伊地知ですね。あと――森下恵子一人ですけど」

「うん。待ってくれ」

三邦は、電話の送話口を手でふさいだ。机を挟んで目の前に座っている女子学生を見た。

「――どうする？」

少しこわばった表情の女子学生は、黙って肯いた。

「いいんだな？　後でいやだなんて言うなよ」

女子学生は首を振った。

三邦は電話に出て、

「――ああ、もしもし？　今、ちょうどその子が研究室へ来て、レポートを提出した。これで単位をやってくれ」

「じゃ、三人ともＯＫということですね」

「そう。遅くなってすまなかったね」

三邦は電話を切ると、「――森下君、今夜は空けとけよ」

と言った。

「はい……」

と、仏頂面の女子学生は、「どうすればいいんですか？」

「待ち合せよう。七時に、ホテルＣで」

「七時ですね」

と、立ち上って、「じゃ、私、夕ご飯食べないで行きますから、フランス料理おごって！」

三邦が何も言わない内に、女子学生はさっさと出て行った。

「やれやれ……」

と、三邦は苦笑して、「今の子は図々しいよ」

自分のことは棚に上げて、そう呟くと、三邦は、ワープロに向った。

「何よ、クソじじい！」

カッカしながら廊下を歩いていた女子学生森下恵子は、角を曲ろうとして、危うく誰かとぶつかりそうになった。

「キャアッ！」

と尻もちをついて、「――ごめんなさい！」

それでも謝っていたのは、何と言っても自分の方が無茶苦茶な歩き方をしていたと分っていたからだ。

「ごめんよ」

相手の男の子も、危うく尻もちをつくところだった。「大丈夫？」

手を取ってくれて、森下恵子は、「この人の手、柔らかい」と思った。

「私が悪いの。――ええ、何ともないわ」

と、恵子は立ってスカートの汚れを払った。「いやね、廊下、ろくに掃除してなくって」

「それ、落としたんだろ？」

と、その男の子は、恵子の持っていたマフラーを拾い上げて、「外は寒いよ」

「ありがとう」

大学生かしら？　でも、このK女子大に何の用で？

「ちょっと訊いてもいい？」

と、男の子が言った。「三邦先生って、どの部屋か分る？」

恵子はちょっと目を見開いて、

「三邦の所に用？」

よっぽどいやな顔をしたんだろう、

「知ってるんだね」

と、相手が笑顔になる。

「今出て来たとこよ、三邦の部屋から」

「じゃ、この先？」

「ええ、ここを真直ぐに行けば左手に、――名札が出てるから、すぐ分るわ」

と、恵子は言った。「三邦に何の用事？」

「ちょっとね。――君は、ケンカでもして来たの」

「セクハラよ。すぐ、女子学生に手を出す奴だから」

「じゃあ、君も？」

「君も、って……」

「僕の付合ってる子が、単位が欲しかったら付合えって言われて、乱暴されたんだ」

「そう！　私も――私は、今夜付合えって言われてるの」

その男の子が眉を寄せて、

「ひどい奴だな。――抗議してやる」

「でも、そんなことじゃ引っ込まないわよ」

「引っ込むさ」

と、その男の子は言って、「どうもありがとう」

「いいえ」

恵子は、その男の子が廊下を歩いて行くのを見送っていたが、

「――誰の彼氏なんだろ？」

と、首をかしげた。

ドアが開いた。

「おい、黙って入って来るなよ」

三邦は、ワープロの画面から目を離した。

「何だ、君は？」

大学生らしいが、この女子大に男の学生はいない。

「三邦先生ですね」

「ああ」

「僕は奥村一朗といいます」

と、ていねいに名のって、「伊地知友江さんの友人です」

「伊地知君の？」

「彼女をホテルへ呼び出し、暴行しましたね」

三邦は眉をひそめて、

「言いがかりかね」

「二人でホテルから出てくるのを見ていました」

「そうか」

と、三邦は笑って、「それなら分るだろ。あの子も楽しんでたんだよ。大人同士の付合いだ」

「単位を取らせてやるからと言って、そういうことをするのは、大人同士の付合いじゃないと思いますが」

「いやなら断りゃいいんだ。それに出席が足りないなんてのは、自分のせいだよ。――おい。出てってくれ。こっちは忙しいんだ」

三邦は無視してワープロへ向った。

――奥村はしばらく黙って立っていた。

三邦の斜め後ろで、奥村の動きは三邦の視野ぎりぎりの所にあった。

三邦は、奥村が動くのを視界の隅で見ていた。出て行くのだとばかり思っていたのだ。

だが、ドアは開かなかった。

三邦は、ふと背後に人の気配を感じて、ワープロを打つ手を止めた。

振り向く間はなかった。

奥村の手にしたナイフが、三邦の喉を真横に切り裂いていた。

森下恵子は、何となく廊下に立っていた。

今の男の子が、三邦の部屋へ入っていくのを見ていたのだ。

三邦とどんなことになるのか、関心があった。——しかし、怒鳴り声も聞こえて来ない。

そして、ドアが開くと、さっきの男の子が出て来たのである。

「——やあ」

と、微笑を浮かべてやって来ると、「待ってたの？」

「うん。——どうなるのかな、と思って」

と、恵子は言った。「三邦先生と話したの？」

「うん」

「それで？」

「今夜は行けないよ」

「——本当？」

恵子は目を丸くした。

「何なら、訊いて来てごらん」

恵子はちょっと笑って、

「いいわ。信用する！——凄いわね」

「きちんと話せば分ってくれるよ」

「そうかしら？　あんな奴でも？」

「悪いことをしたって悔んでたよ」

恵子は愉快だった。

「私、森下恵子。あなたは？」

「奥村一朗っていうんだ」

「何か一杯、飲んで帰らない？」

と、恵子は言った。

「いいよ」

二人は、まるで仲のいい友だちのように並んで歩き出したのである。

「歩き疲れた！」

と、かおるが言った。「お二人でどうぞ。私、少し休んでく」

美術展というのは、足の疲れるものだ。

「――でも、かおる」

と、加奈子が言った。「じき、出口よ。この後、何か食べようよ」

「いいの。私、食事したばかりだもん。――二人で行って。私、ここで」

「そんなこと言わないで」

「いいから。――じゃ、また旅行でね」

かおるが手を振る。

「かおるったら」

と、加奈子は苦笑した。

「じゃ、行こう」

と、村越が促す。「かおる君、ありがとう」

かおるが黙って頭を下げた。

——加奈子は、村越と二人で、残りの展示を見て回った。

かおるがいてくれたおかげで、二人の間の重苦しいものが消えた。

どうしても、つい由紀子のことばかり話してしまったのを、かおるが違う空気にしてくれたのである。

「——君も疲れたんじゃない？」

出口で、村越が言った。

「少しね」

本当は疲れてなどいなかった。でも、このまま歩き続けるよりは、どこかでゆっくりと過したかったのである。

「じゃ、近くに静かな店があるんだ。軽く食事もできる」

昼食時ではあった。

「ええ、じゃ、そこへ行きましょう」

と、加奈子は言った。

そのとき、村越の携帯電話が鳴った。

「──もしもし。──ああ、由紀子」

一瞬、加奈子は「代理人」の現実に引き戻されて、ハッとした。

「──うん、ちゃんと会えたよ。今、美術展、見終ったところさ。──うん、分ってる。また今度ね。──代ろう」

加奈子は代って出ると、

「もしもし。ちゃんと『代理』のお役目は果してるわよ」

と、わざと明るく言った。「今、仕事？」

「ええ、そうよ」

と、由紀子は言った。「ちゃんと食事にも付合ってあげてね。私と一緒じゃないと、彼ろくなもん食べないの」

「分った。今からお昼よ」

「じゃ、教えとくわ。村越君が『どっちでもいい』って言ったら、本当は『凄く食べたい！』ってことなの」

加奈子はつい笑って、

「憶えとくわ」

と言った。「それはそうと――私、かおると会ったのよ、ここで」

「南村かおる？」

「そう。由紀子、呼んだわけじゃないよね」

「違うわ。じゃ、偶然かもね。でもあんまり絵が好きじゃなかったみたいな……。誰かと一緒だった？」

「いいえ、一人で来てた」

「だって、かおる、今は東京にいないはずよね」

「そうね。でも会ったのよ」

「じゃあ、何か用事で――。あ、もう切るわね」

「由紀子。旅行は大丈夫よね？」

「ええ、必ず行くわ」

と、由紀子は言った。「じゃ――村越君によろしく」

何となく唐突に、通話が切れた。

「――声が聞けて良かった」

と、村越が携帯電話をポケットへ戻しながら言った。「僕のことを何か言ってたかい？」

「お昼を食べながら、ゆっくり教えてあげるわ」

気が楽になって、加奈子は村越の腕を取った。「じゃ、行きましょう！」

理屈に合わない。

それは分っていた。——由紀子にも、よく分っていた。

それでいて、由紀子は否定することができなかった。自分抜きで、楽しんでいる村越と加奈子を恨む気持を。

由紀子自身がそうさせたのだ。加奈子と村越がひかれ合うように、企んだのだ。

それでいて、本当に二人が楽しげなのを、許すことができないのだった。

自分のＰＨＳを、バッグへしまう。

誰かに電話していたと知ったら、寺田は機嫌を悪くする。

由紀子はホテルのベッドの中で、裸の体にシーツを巻きつけて寝ていた。

寺田はバスルームでシャワーを浴びている。

拒む自由はなく、ここへ連れて来られて、由紀子は寺田に抱かれた。

女の気持、女の生理などかけらも考えない寺田の愛撫は、ナイフの刃のように、由紀子の心を切り裂いて行く。

由紀子は、傷ついた自分を守る包帯のように、シーツを裸体に、きつくきつく巻きつけていた。

お金のためとはいえ、あまりに惨めで、あまりに自分が可哀そうで、つい、村越の声が聞きたくなったのである。

しかし、加奈子と二人で楽しんでいる村越の声を聞くと、由紀子の中に激しい嫉妬の火が燃えた。——勝手と知りつつ、怒って、恨んでいた。

その一方で、加奈子への怒りを増幅させて、由紀子は、「必ず後悔させてやる」という思いを一段と強くした。

バスルームから、バスローブをはおった寺田が出て来た。

「眠ってるのか」

「いいえ」

由紀子はやっとの思いで起き上った。このまま寝ていたら、また寺田がその気になりかねない。

「私もシャワーを……」

「ああ、のんびり入って来い」

と、寺田は欠伸した。

「社長さん、私……」

と、足を止める。

「――どうした？」

「今……危い時期なんです」

寺田が、ちょっと意外なほど驚いて、

「なぜ言わない」

「すみません。あの――何かあれば、言います」

「ああ。――生んでもいいぞ」

寺田は、本気で言っているらしかった。

誰が！――誰があんたの子供なんか！

由紀子は心の叫びを何とか抑えて、

「シャワーを浴びて来ます。お湯に浸ってもいいですか？　体が後で冷えるので」

「いいとも」

寺田は快く肯いて、「後で、何か旨いものを食いに行こうな」

と、柄にもなく、優しそうなことを言ったのだった……。

16　襲ってくる闇

「お疲れ様でした」

と、沢田たちが見送る。

野田社長の車が羽田空港を出て行くと、沢田はホッと息をついた。

出張先に、突然野田がやって来て、その分、沢田の気苦労は倍になった。仕事の話は早くついたかもしれないが、それは単に野田の了解を取る時間が節約できただけである。

野田も「ワンマン」の例外でなく、「俺がいないとだめなんだ」と、いつも外へ見せておきたいのだ。周囲も、そうして持ち上げる。

「――やれやれ」

沢田は、澄んだ青空へ目をやった。少し風が強くて、着陸の時は心配した。

沢田は、空港の建物に戻ると、公衆電話のボックスに入って、沙織に電話を入れた。

「――お帰りなさい」

沙織の明るい声が、沢田をホッとさせる。

「今、羽田だよ」

と、沢田は言った。「花は届いたか？」

「いただいたわ。嬉しかった」

と、沙織は言った。「伊地知さんによろしく言ってね。ここへ来るんでしょ？」

「ああ、今日はもう会社へは出ない」

「待ってるわ」

沢田は電話を切ると、タクシー乗場へ行こうとして、気が変り、トイレに寄ることにした。

トイレは通路の奥になっていて、ロビーの隅のせいか、あまり人影がない。

用を足して出て来た沢田は、腕時計をチラリと見て、足どりを早めようとした。

その瞬間、鋭い痛みが沢田の胸を襲った。

全身の力が抜けていく。——それは突然で、声を上げることも、助けを呼ぶこともできなかった。

手にしていたバッグが、コートが落ちる。

膝をついて、沢田は必死で傍の壁にすがりついた。

「誰か……。頼む……」

声を上げたつもりだったが、ほとんど声になっていない。胸に穴でもあいたかのようで、自分を支えているものが、どんどんそこから流れ出して行くようだった。

通路の向うを、人が何人も通って行く。――わずか十数メートルの距離が、無限に遠かった。

手を振り、呼びかけようとしたが、体は言うことを聞かない。

沢田は冷たい床に倒れ込んだ。

沙織……。助けに来てくれ。――沙織。

誰かが傍を通る。

顔を上げると、五、六歳の男の子が、妙な目で倒れている沢田を見ていた。

「おい……。誰か……呼んで来てくれ。大人を……ここに……」

必死で言葉を押し出したが、男の子は気味悪そうに沢田を見て、パッと駆け出して行ってしまった。

「待って……」

――だめだ。あの子はきっと何も言わないだろう。

初めて、沢田は「死」を意識した。

このまま死んでしまうのか?――そう考えると、とんでもなく怖い。

やめてくれ！　俺はまだ死ねないんだ！

俺はまだ五十一なんだぞ！

沢田は、視界がぼやけてくると、怯えた。——本当に、このまま死んでしまうのか？

まだいやだ！　もう少し——もう少し、生かしておいてくれ！

そのとき、誰かが傍に立った。

「頼む……助けを……」

と、沢田は言った。

「今、人を呼びましたからね」

女性の声だった。

「お願いします！」

「大丈夫。——落ちついて。安心してて下さい」

その声に聞き憶えがあった。

「君は……」

ぼやけていた視界がやっと戻ると、覗き込んでいる穏やかな顔があった。

「君……どこかで会ったことが……」

「いやだ。忘れちゃったんですか？」

と、その女の子が笑った。

「君は……南村の……」

「かおるです」

と、笑顔で肯いて、「びっくりしちゃった。通りかかったら、沢田さんが倒れてるから」

「ああ……。急に胸が……」

「すぐ人が来ます。――ああ、そこに」

バタバタと足音がした。

「担架にのせろ！」

「救急車は？」

といった声が耳に入ると、急に安堵したせいか、スーッと意識が遠くなっていく。

「かおる君……」

と、呟きながら、沢田はもう何も分らなくなった……。

「ねえねえ、聞いた！」

大学の校門を入るなり、森下恵子は友だちに腕をつかまれた。

「何だ、びっくりするじゃない」

と、恵子は言った。「どうしたの？」

「TVのニュース、見なかったの？」

「ワイドショー以外、見ない」

と、恵子は言った。

「三邦先生が殺されたよ」

恵子は足を止めて、

「——嘘でしょ」

「本当だって！　昨日の夜、明りが点いてたんで、ガードマンが入ってみたら、研究室で喉を切られて……」

「喉？」

「血だらけだったって！　研究室、血の海だったってよ」

どう見ても、「先生の死を悼んでいる」とは思えない。

「TV局の人が、学生にインタビューしてるの。恵子も取ってたよね、三邦の授業」

「うん……」

「何か刑事に訊かれるかもよ！」

恵子がやや青ざめていても、今日の寒さのせいと思われただろう。

それに——まさか！

あのおとなしそうな男の子が。

恵子は、学生食堂へと足を向けた。

学生たちも、三邦の話で持ちきり。

恵子は、授業を取っていたというので、みんなが寄って来そうで、わざと隅の席についた。

——奥村一朗。

あの男の子がやったのだろうか？

でも、もしそんな話を警察にしたら、恵子もしつこくあれこれ訊かれる。

「単位をやる代りに付合え」

と言われたことなど……。

もし分ったら、恵子も疑われるかもしれない。

冗談じゃない！

恵子は、一切を忘れてしまおうと決めた。

そして、昼食のセルフサービスの列に並んで、

「今日は何食べようかな」

と、早くも頭を切り換えていたのだった。

どうしたんだろう？

——馬渕沙織は、苛々と時計を見上げた。

羽田から、道路が混んでいても二時間はかからないはずだ。それが三時間たっても沢田はやって来ない。携帯電話にも何度もかけてみたが、つながらないのである。

会社で急な用事でも入ったのかしら？

沙織は、沢田に仕事時間中にはあまり連絡を取るなと言われている。

伊地知へ電話してみようと思い付いた。

伊地知の携帯にかけてみると、つながって、

「——はい、もしもし」

「伊地知さん？——もしもし」

向うが何も言わないので、くり返し呼ぶと、

「待って下さい！　すぐこっちからかけ直します」

と言うなり、切れてしまう。

「——何よ！」

と、沙織は腹立たしげに呟いた。

少し待っていると、電話が鳴った。

「——はい。——伊地知さん、どうしたっていうの？——え？——今、何て言ったの？」

「心臓らしいんです」

と、伊地知がくり返す。「空港で倒れて、病院に救急車で運び込まれたんですよ」

「それで……どうなの？」

沙織は、立っていられなかった。ソファに腰をおろしたが、膝が細かく震えている。

「運び込まれたときは、意識がなかったそうです。ただ、僕が駆けつけたときには、一応意識は戻っていました」

「じゃ、話ができるの？」

「一応面会謝絶になっていますが、狭心症の発作だろうと……。詳しい検査を受ける必要はあるでしょうけど」

「空港から電話して来てくれて……。話したのに」

「じゃ、その後でしょう。床に倒れているところを、通りかかった人が見付けて――」

「病院はどこ？　すぐ行くわ」

と、沙織は言った。

「いや、待って下さい」

「どうして？」

「今、すぐ返事ができなかったのは、病院の中なので携帯が使えないということもありましたが、業界紙や経済新聞の記者なんかが大勢いるんで、話ができなかったんです」

「すぐ行くわ。病院を教えて」

少し間が空いて、

「それはまずいです」

と、伊地知は言った。

「だって……」

「今はうまくありません。まあ、病状が大したことないと分れば、記者も帰るでしょう。そしたら連絡しますから」

沙織はしばらく答えられなかった。

やっとの思いで、

「分ったわ」

と言ったが、声が震えた。「じゃ、連絡を待ってる」

「そうして下さい。その方が沢田さんも……」

「でも、何か入院に必要な物とかないの？　身の回りの物――」

「奥様がみえてます」

沙織の顔から血の気がひく。

「――奥さんが?」

「連絡が、会社と自宅へ行ったんですね。今、病室には奥様がいらっしゃいます」

「そう」

「それに――救急車でここへ運ばれましたが、うちの社と関係のある病院もあります。具合を見てですが、病院を移ることも……。あ、お医者さんがみえたので、それではまた連絡します」

「ええ……」

沙織は電話を切って、しばらく動けなかった。――あの人は私のものだと思っていたのに。

私はあの人の「一番大事な女」だと思っていたのに……。

気付かない内に、沙織の頰（ほお）を大粒の涙が伝っていた……。

17　休息

「お父さん！」

病室のドアを開けると、

「何ですか、大きな声出して」

と、母がたしなめるように言った。

「お母さん。――お父さんは？」

と、加奈子は空のベッドを見て訊いた。

「今、検査に行ってるわ。狭心症だろうって。でも、すぐ命にかかわることはないって言われた」

「そうか……」

個室の病室で、加奈子は急に力が抜けてソファに座り込んでしまった。

「びっくりしたでしょう。私だって、羽田で倒れたって聞いて、駆けつけたのよ」

母、弓子は、小さな洋服ダンスを開けて、中を片付けていた。

「大学へ行ったらね、私も授業取ってた先生が殺されたって、大騒ぎしてたの」

「まあ、怖いわね」

「それも研究室で。——だけど、もともとよく女子学生に手を出す先生で、評判はとても悪かったの。犯人、見付かるかどうか」

「じゃ、大学の中で？」

「うん。それで騒いでたから、ＰＨＳ鳴っても聞こえなかったんだね。留守電聞いてびっくりして飛んで来たの」

加奈子は胸に手を当てて、「今になってドキドキしてる」

「無茶してたからね。疲れがたまったんでしょう」

と、弓子は言って、ベッドのシーツのしわをのばした。

「何か……手伝うことある？」

「何もできやしないじゃないの。——いいわよ。お父さんの顔を見て帰りなさい」

「うん……」

加奈子は、母がいかにも手なれた感じでベッドを整え、窓のカーテンを引いているのを眺めた。——そんな母の姿を見るのは、ずいぶん久しぶりのような気がした。

——父が倒れる。

父も五十一なのだから、病気になることがあってもふしぎではない。それは分っているつもりだったが、現実にこうして入院という事態になると、足下の地面が崩れていくように感じる。

父を批判し、嫌っていても、結局その父に今の加奈子は生活のすべてを負っているのだ。

「戻って来たわ」

と、弓子が言った。

「え?」

加奈子が立ち上ると、病室のドアが開いて、

「お疲れさまでした」

と、沢田をのせたストレッチャーが押されて入って来る。

「ベッドへ移します。沢田さん、起きられますか?」

「もちろん」

と、沢田は体を起した。

「無理しないで下さい。運んでもいいんですよ」

「いや、大丈夫……」

沢田は自分でベッドへ移ると、「――くたびれた!　検査ってのも疲れるんだな」

と息をついた。

そして初めて加奈子に気付き、

「何だ、来てたのか」

「うん」

「大丈夫だ。まだ死なんぞ」

父が強がりを言っているのを見ていると、加奈子は不意に涙がこみ上げて来た。

いつも、加奈子を「父親」として見下ろしている父が、今は「病人」として加奈子を見上げている。その違いは、加奈子が想像もしなかったほど大きかったのである。

「いやな子ね、泣かないでよ」

と、弓子が笑って言った。

「泣いてないよ」

加奈子は反射的にそう言って、顔をそむけた。

「あなた、下着をかえて」

「今でなくても……」

「一旦寝ちゃったら面倒よ。ね？」

「分った……」

もちろん病気にならないに越したことはないが、加奈子は父と母が夫婦らしくしているのを、本当に久しぶりに見た気がした。

父の脱いだ下着を、母がビニール袋にしまっている。

「――そうだ」

と、沢田は思い出したように、「加奈子。例の仲の良かった四人で卒業旅行に行くんだろ？」

「旅行？　それどころじゃないでしょ」

「何を言ってる。行って来い。今すぐどうってことはないんだ」

「でも……」

「そしてな、かおる君によく礼を言っといてくれ」

「かおる？」

「南村かおるさ。――一緒に行くんだろ？」

加奈子は戸惑って、

「その予定だけど……。でも、どうしてかおるに礼を言うの？」

「母さんから聞かなかったのか。――羽田で倒れたとき、助けを呼んでくれたのはかおる君だったんだ」

加奈子は耳を疑った。

「かおるが――空港に？」

「ああ。あの子がいてくれなかったら、助からなかったかもしれん」

かおるが……。

もちろん、父もかおるのことは知っているから、人違いということはあるまいが……。

それにしても、加奈子と村越のデートのとき、不意に現われてみたり、父を助けたり。——偶然と言うにはふしぎなことだ。

「分ったわ。じゃ、旅行のとき、よく言っとく」

「電話でもしておいてくれ」

「つないでもらえないんですって」

沢田はけげんな表情で、

「つないでもらえないって、どういうことなんだ?」

と言った。

「知らないわ。かおるがそう言ったのよ。だから向うから連絡して来るのを待ってるしかないの」

「——そうか」

沢田は息をついて、「今、働いてるのか」

「かおる? たぶんね。でも、詳しいことは訊いてない。だって、訊けないじゃないの」

加奈子の口調に、つい非難めいたものが混る。弓子が、

「加奈子──」

と、たしなめようとすると、

「いや、その通りだ」

と、沢田は言った。「恨まれても仕方ない。父さんは恨まれてもしょうがないことをやった」

「あなた……」

「どう言いわけしても、やったことに変りはない。──母さんやお前のためにやったんだと自分へ言い続けて来たが、やられる方から見れば同じことだ」

「今さら言っても……」

「ああ。しかし言わないよりいいと思う。違うか?」

「言わないよりいいわ！　ずっといいわよ！」

と、加奈子は思わず叫ぶように言っていた。

「俺はな──この病院にかつぎ込まれて、意識を取り戻したときに、つくづく考えたんだ。あのときのかおる君のことを」

「羽田でのこと?」

「うん。俺にあの子が向けた笑顔は、以前と少しも変らなかった。俺のために、あの

一家は大変な苦労をしたはずだ。俺なら……逆の立場なら、黙って見捨てて行っただろう」

沢田はじっと白い天井を見上げていた。「でも、あの子は笑顔で俺を励まして、すぐ助けを呼びに行ってくれた。——思い出して、胸が痛んだ」

「あなた……」

「何かの形で償いをする。——今は何もできないが、退院して仕事に復帰したら、必ず何かしよう。加奈子。約束だ」

「うん……」

父がこんなに心を開いてくれたことはなかった。——加奈子は再び涙が目頭を熱くするのを感じたのだった。

「それとお父さん。——由紀子のことも」

「ああ、足立の所だな。あいつのことはもう取り返しがつかんが……。奥さんと娘さんに、何かの形で援助しよう」

加奈子は、病室のドアをノックする音に立ち上った。

「——伊地知さん」

ドアを開けて、「お父さん、伊地知さんよ」

「ちょうど良かった。入ってくれ」

と、沢田は手を上げて見せた。

加奈子は家へ帰ることにして、弓子も買物に出るというので、一緒に出た。

「いや、顔色もいつもの通りですね」

と、伊地知は椅子にかけて、「安心しました。少し休憩するつもりで入院されるといいですよ」

「どうかな」

と、沢田は言った。

「とおっしゃると？」

「社長は知ってるんだろう」

「ええ、もちろん」

「入院なんかする人間は、敗残者なんだ。あの社長はそう思ってる」

「でも、沢田さんは——」

「例外なんかあるもんか。ああいう人にとっちゃ、自分と、『自分以外の人間』の二種類しかないんだ」

沢田は皮肉っぽく言ったが——。「すまんが頼まれてくれ」

「何でしょう」

「南村のことだ。今、どこで何をしているか、調べてくれ」

「分りました」

「それと南村の娘のことも」

「ええと……かおるちゃん、だったかな」

「そうだ。どこで何をして働いてるか、当ってくれ。それと、足立の所も」

「奥さんと娘さんですか」

「うん。娘は——由紀子だったな。スーパーで働いてると聞いたが、詳しいことを知りたい」

「承知しました」

伊地知は理由など訊かない。言われたことをやる。それが会社というところだ。

しかし、伊地知にも、沢田があの過去を悔いているのだということは察しがついた。

「〈倉庫のネズミ〉に関連したとして辞めさせられた全員のその後を当ってみますか」

伊地知の言葉に、沢田は微笑んだ。

「さすがだ。——分ってくれてるな」

「社長には知られないようにやります」

「頼む。——俺も出社したら自分でやるよ」

「いや、どこか口の堅い外部の人間に任せた方が早いでしょう。妙に動くと、秘書の加藤なんか、目ざといですからね」

「分った。任せるよ」

と、沢田は息をついた。

「それより……どうします？」

「――何のことだ」

「お忘れですか？　沙織さんのことです」

そう言われて、沢田は一瞬言葉が出なかった。

「――うん。分ってる。分ってるとも！　忘れちゃいないさ」

「ええ、そりゃそうでしょうが……。ここへ来たがっています」

「ああ……。そうだろうな」

沢田は、しばらく黙っていたが、

「――伝えてくれ。あいつも今は大事な体だ。ここは大丈夫だ、と。こっちから電話する。心配しないようにと言ってくれ」

「分りました」

伊地知は肯いた。

「沙織が不自由しないように、気を付けてやってくれ。頼む」

「できるだけのことは」

と、伊地知は答えて、「しかし、直接声を聞かせてあげるのが一番だと思いますが」

「うん。電話すると伝えてくれ」

と、沢田はくり返して、「何か仕事で引っかかってることはあったかな」

と、話を変えた……。

18　変身

「馬鹿みたいだね」

と、伊地知友江は言った。「たった十分ですんじゃった」

――卒業を控えて、事実上、四年生はもう講義などない。卒論も今は昔ほどうるさくないので、どの学科も、簡単なレポート程度ですむことが多い。

しかし、楽になればそれに慣れてしまうのが人間というもので、その簡単なレポートさえ提出が遅れる学生が珍しくなかった。

自慢じゃないが（！）、伊地知友江は、卒業にぎりぎりの単位数すら確保していないので、年が明けてからもちょくちょく大学へ出て来ていたのである。

出席不足は、たいていレポートの提出で許してもらうことができた。――何といっても、大学側は、ちゃんと卒業して就職してほしいのだ。

女子大生の就職の厳しい時節、友江は父のコネで内定をもらっているとはいえ、ここで卒業できないなどということになると、就職先が失くなってしまう。

友江は、出席が半分にも満たない授業で、手抜きのレポートを出してすませた担当教授に呼ばれて大学へ出て来た。

レポートの書き直しかと覚悟して来たが、たまたま教授が忙しく、

「そんなことじゃ、社会人として通用しないぞ」

と、お叱言をくらって、それで放免。

助かった！――十分間で、大学へ出て来た用はすんだのである。

よく晴れて、あまり風のない日だった。

せっかく出かけて来たんだ。どこかで遊んで帰ろう、と、そういう点は至って熱心なので、誰かに電話してみようか、と迷っていると、ＰＨＳが鳴った。

「――もしもし？――あ、奥村君？――うん、今、大学に来てるんだ。――そう？別に……決めてない。――いいわよ。――うん、じゃ、待ってる」

「そっちの近くまで、二十分くらいで行けると思うんだ」

と、奥村一朗は言った。「大学のそばまで行ったら電話するよ。この間言ってた、新しいパスタの店、場所を見付けたから行ってみないか」

「あ、いいね。じゃ、大学の中にいる。――それじゃ」

友江が電話を切ると、

「――ね、友江」

と、すぐ後ろから声をかけられた。

振り向くと、いくつか同じ授業を取っている子で——。

「私、森下恵子」

「あ、そうだった。ごめん。つい名前忘れてて……」

「あのね、三邦先生の授業、取ってたよね」

「うん。一緒だったよね」

「それで——あの事件、あったでしょ」

「三邦先生が殺された……」

「そのことでね。警察の人が話聞きたいって」

「へえ。——どこで？」

「図書館。ちょうど見かけたんで……。お宅へ電話行くよりいいかと思って」

「うん。——あなたも訊かれたの？」

「終って出て来たところ」

友江は、森下恵子と一緒に図書館へと足を向けた。

図書館の中へ入ると、二人連れの男が出て来るところで、

「この子、伊地知さんです。今、そこで出会ったんで」

「やあ、そりゃ手間が省けて助かる」

二人は、友江と恵子を伴って、個室になった閲覧室に入ると、

「——三邦先生が殺された事件を調べてるんだがね」

と、四十がらみの、いかつい感じの方が口を開いた。

「はい」

「君は三邦先生の授業を取っていたね」

「はい」

「何かこう……三邦先生について、人に恨まれたりしていたという話は聞いたことがないかね」

友江は、少し迷った。——でも嘘をついて後で分ったら……。

「——私、三邦先生の単位を落としそうでした」

「うん、それで？」

記録を見れば、そういう学生は分るはずだ。

「自分でよくサボってたんで、それがいけなかったんですけど。——レポートとか出して、それで認めてくれないかと頼みに行きました」

「なるほど」

「そしたら……。一晩付合ったら単位をやると言われました」

刑事たちは少しも意外そうな顔を見せていない。

「君は、どうしたんだ？」

友江は肩をすくめて、

「付合いました」

と言った。

「それはつまり……」

「ホテルへ行きました、先生と」

「肉体関係を持った、ということだね」

「そうです」

「ホテルの名前と、日時、憶えてる？」

友江の言う通りをメモすると、刑事は、

「三邦先生とは、このときが初めて？」

「もちろんです」

「この後は？」

「一回きりです。あの先生、そういう人なんです。一人の子としつこく付合ったりしないんです」

「そうか」

刑事は微笑んで、「いや、実はね、三邦先生が、女子学生にそういう話をもちかけていたという話は、方々で聞いたんだが、一人一人の学生さんに会って訊くと、みんな『そういう話は聞いたことあるけど、私はありませんでした』と言うんでね。本当にあったと言ったのは君が初めてだ」

「自慢になることじゃないし」

「確かにね。――しかし、正直に言ってくれてありがとう。君の話だと、女子学生との間がこじれて殺されるということはあまり考えられないようだね」

「ええ。本気で好きになれるような人じゃないですもの。それに先生の方が、ズルズルと深みにはまっていくようなことを一番嫌ってたと思います」

「なるほど」

刑事は、友江について来て、傍で聞いていた森下恵子の方へ、「君も単位が危かったんだろう？　先生から誘われなかったのかい？」

恵子は少し間を置いて、

「――誘われました。すみません。言いにくくて」

「あなたも？　ひどい奴ね！」

と、友江は呆れて言った。

「でも、話だけです」

と、恵子は急いで言った。「あの――殺された日の前の日でした。誘われてＯＫしたら、電話するからって言われて……。でも、あんなことになっちゃって」

「なるほど」

刑事はため息をついて、「いくら大学といっても、先生は先生だ。――時代っても
のかね」

と、嘆くように言った。


「――友江、大胆だね」

と、恵子は図書館を出て言った。「私、つい嘘ついちゃう」

「だって、私が殺したわけじゃないもん」

と、友江は言った。「大体、あんな先生、殺すほどのこともないじゃない」

「まあね……」

恵子はちょっと遠くへ目をやって、「私――本当は殺された日だったの、三邦に誘
われたの」

「え？　どうして前の日だなんて言ったの」

「だって――疑われたりしたらいやだと思って」

「まさか」

と、友江は笑って、「刃物で喉を切られてたっていうんでしょ？　手慣れた犯行っ

て感じじゃない。恵子に、そんなことできるなんて、誰も思わないわよ」

「うん……」

「大丈夫よ。何か言われたら、怖かったんです、って泣いて見せれば」

と、友江は言った。「――あ、いけない」

奥村が電話して来ることになっていたのに、恵子と歩いている内、校内から出てしまった。

「私、待ち合せなの。この辺にいるから」

「じゃあ……」

と、恵子は友江と別れて歩き出そうとして――凍りついたように立ち止った。

正面からやって来たのは、奥村一朗だったのである。

友江が、

「あ、良かった！」

と、手を振って、「今、出て来たところ」

「僕もだよ」

と、奥村は言った。

「森下恵子って、クラスで一緒の子なの」

「奥村です」

「こんにちは」

恵子は、ぎこちない笑みを浮かべ、「じゃ、私、これで……」

と、早足に行ってしまう。

奥村が恵子をずっと見送っているのを見て、友江は、

「恵子に関心ある？」

と訊いた。

奥村は友江を見て、

「そうじゃないよ」

と、首を振った。

「紹介してあげるわよ、いつでも」

「さ、行こうか」

「うん」

——奥村は変った。

友江は、あんなに暗くて、自信なげで苛々させられた奥村が、このところ変ったと感じていた。

決断も早く、それでいて、何でも細かく調べたりする性格はそのまま。

一緒にいて楽しいかと言われれば返事に困るが、前のように逃げ出したくなること

はない。少なくとも、最近多い、自意識過剰でわがままな、子供のような大学生よりはずっとましである。

「ね、そのパスタのお店、予約してあるの？」

と、友江は訊いた。

「うん。まずかったかな？」

「そうじゃない。訊いてみただけ」

友江は首を振って、「じゃ、早く行こう。お腹ペコペコなの！」

と、奥村の腕を取った。

19 不運

午後の仕事が始まって十五分。

会社に近いティールームはポカンと空白の時間である。

昼休みはOLたちのにぎやかなおしゃべりと、ケータイ、PHSの「着メロ」がにぎやかに鳴り響く。

伊地知も、自分の携帯の電源が入っているのを確かめた。何かあればかけろと言ってある。

ティールームの入口を入って来たのは、伊地知のかつての部下で、今はもう三十近く、新人とも言えないが、入社したてのころ、ずいぶん面倒をみた、石井という男である。

「ここだ」

と、伊地知が手を上げる。

「どうも。――ごぶさたして」

と、いかにも営業畑の人間らしい笑顔がすっかり身について、「なかなか東京へ戻る時間がありません」

「大分太ったな」

と、伊地知は言った。「向うは食いものが旨いしな」

「連日接待で、こっちもつい食べたり飲んだりしてますから」

金沢を中心に、営業に回っているので、単身赴任している。

「コーヒーでいいか？——じゃ、コーヒーを。僕ももう一杯」

と、伊地知はオーダーして、「忙しいのに悪いな。すぐすむから」

「いいえ。時間は大丈夫です。夜は、家族サービスで、女房と子供を食事に連れて行くことになってますが」

「大切にしろよ。できるだけ時間を作って、帰るようにしろ」

「ええ。——今は不況で却ってむだな飲み食いはしなくなりました」

と言って、石井は、「そういえば、沢田さんが倒れたと聞きましたけど」

「耳が早いな。——入院中だが、そうひどくはない。一カ月もすれば復帰するよ。ただし、心臓だから、無理はできないだろうが」

「そうですか。でも、大したことがなくて良かったですね。まだ五十……」

「五十一だよ」

「そうですね。お若いんですから……」

石井はコーヒーが来ると、ミルクを入れ、

「このところ、ブラックは少し重くて」

と言った。

「体に気を付けろよ」

「何か僕にご用で……」

「うん、ちょっとね。ここだけの話にしてほしいんだが」

伊地知は少し声を小さめにして、「この間、経理の女の子が話しているのをチラッと聞いたんだが、君、南村に会ったたって？」

石井はちょっと当惑げに、

「南村さんですか」

「うん。そう聞いたんだが。――間違いなら申しわけない」

「いえ、そんな……」

「実は、個人的な用件で、南村を捜してるんだ。あいつとは社宅で一緒だったし、仲が良かった。知ってるだろ？」

「ええ」

「ところが、まああんなことになって……。もちろん、興信所とかに頼んで調べてもらうことはできるが、もし君が本当に会ったのなら、その方が早いと思ってね」

「そうですか」

石井は、少し迷っていたが、「――本当に、仕事絡みじゃないんですよね」

「うん、絶対だ。――どうしてそうこだわるんだ？」

「実は……」

と、石井は咳払いして、「会ったことは会ったんですが、南村さん当人じゃないんです」

「じゃあ……」

「娘さんです。かおるさんっていいましたよね、確か」

「君、知ってるのか」

「社の運動会のとき、二人三脚で組んだことがあるんですよ。明るくて、とてもいい子でした」

「うん。それで、かおるちゃんと、どこで会ったんだ」

石井は一口コーヒーを飲んで言った。

「N市の繁華街です。――風俗の店で、働いてたんです」

沢田の顔から血の気がひいた。

「伊地知、――家内が戻って来ないか、見てくれ」

「はい」

伊地知は病室のドアを開けて廊下を覗くと、「――いらっしゃいません」

「ありがとう」

沢田は深々と息をついた。「それで――その店は分ったのか？」

「石井の記憶で、連絡を取ってみました。確かに一年前くらいに、南村かおるという子が入っています」

「それで今は？」

「店を移って行ったそうです。半年くらい前に。石井と会って一カ月くらい後ですね」

「石井と会ったせいかな」

「それが……。石井の話だと、彼女の方から、『石井さんでしょ！』って、嬉しそうに声をかけて来たそうで」

「かおる君の方から？」

「ええ。明るくて陽気で、以前とちっとも変ってなかったと言ってました」

沢田には却ってやり切れなく思えた。

「それで――どうしてそんな仕事を？」

「母親が交通事故で亡くなったんだそうです。南村の運転していた車で、当人も大けがしたとか」

「何てことだ……」

「父親は一応回復したようですが、けがの間に失業して、収入がなくなってしまい、かおる君がそういう仕事をするしかなくなったようです」

「N市といったな」

「ええ。今、南村がN市にいるのかどうか、調べさせています」

と、伊地知は言った。「しかし、子供が学校へでも行っていればともかく、転居といっても、黙って出て行くと、追跡するのは大変かもしれません」

「何とか捜してくれ。――金はいくらかかってもいい！」

「分っています」

沢田は目を閉じた。

二人はしばらく沈黙した。

「――思い出すよ」

と、沢田は言った。「社宅のそばのスーパーで、南村とやり合った。あいつを殴ったが、全然こたえなかった」

伊地知は黙っていた。

「――南村はがっしりして、逞しかった。あいつがけがで動けないとなったら……。

辛(つら)いだろう」

「そうでしょうね」

「まだN市にいてくれるといいが……」

沢田は呟(つぶや)くように言った。

ドアをノックする音がして、

「──お邪魔?」

と、加奈子がいたずらっぽく顔を出した。

沢田は、たった今、南村の不幸な事故のことを聞いたばかりで、加奈子に笑顔を見せることができなかった。

「──伊地知と、もう少し仕事の話があるんだ。加奈子、母さんを捜して、何か食べて来たらどうだ?」

「いいけど……」

加奈子が呆れたように、「入院中ぐらい、仕事を忘れたら?」

伊地知が、取りなすように、

「沢田さんがおいでにならないと、N工業は仕事になりません」

とフォローした。

「気をつかわないで。じゃ、私、お母さんを捜してくる」

「うん。そうしてくれ」

――ふしぎなものだ。

以前は、ごく当り前の会話さえ交わすのが苦労だった。それが、入院してからというもの、沢田は何の努力もせずに話ができる。

いや、本当は沢田に妻や娘が話しかけてくれる、と言う方が正しいのだろう。

「――沢田さん」

と、伊地知が言った。

「ああ、すまん。まだ何かあったか」

「足立君の娘さんのことで……」

「うん。何か分ったのか?」

「由紀子君と、母親は今マンション住いです」

「マンション……。そうか」

「不似合なのです。都心で、そう安くない賃貸のマンションで」

「しかし――当人はスーパーで働いてるんだろう?」

「ええ。スーパーのレジです」

「奥さんも勤めているとか――」

「いえ、奥さんは働いていません」

と、伊地知は言った。「足立君が自殺した後、精神的に不安定になって、入退院をくり返したそうです」

沢田は、また重苦しい気分になって、

「すると、今は？」

「一応、マンションの部屋にいるようですが、外出するのを見た人はほとんどいません」

「じゃ、生活費は？」

伊地知は辛そうに沢田を見た。

「――話せ。どんなことでもいい」

「同じスーパーの店員仲間に聞くと、すぐ分りました」

と、伊地知は手帳を開けて、「スーパーの持主で、寺田良介という男――五十いくつかだそうですが、その男が、由紀子君を愛人にしているということでした」

沢田は思わず窓の方へ目をやった。

「入院の費用とか、色々あって止むを得なかったんでしょう」

と、伊地知が言った。

「何てことだ……」

沢田は目を閉じた。——自分が今、取締役でいるのと引き換えに、何と多くの人を不幸にして来たか。

「あまり自分を責めないで下さい」

と、伊地知は慰めた。「まさかこんなことになるとは思ってもいなかったんですから」

沢田が口を開きかけたとき、病室のドアがパッと開いた。

「——沙織」

馬渕沙織がベッドの方へやって来ると、

「来ちゃったわよ」

と言った。

「うん」

叱れるもんなら、叱ってごらんなさい。——沙織の目はそう言っていた。

「私はこれで」

と、伊地知が立ち上る。

「また連絡してくれ」

「分りました」

伊地知が、沙織へ会釈して出て行く。

沙織は椅子を持って来てベッドのすぐそばに座ると、

「ひどい人」

と言った。「見舞に来るな、なんて」

「君の体の方が——」

「顔も見られないんじゃ、却って体に悪いわよ」

沙織の目に涙がたまっていた。

「——すまん」

沢田が片手をのばすと、沙織は両手でそれをつかんで頬へ当てた。

「看病させて。——いいでしょ?」

「沙織……。俺は君にこんな格好を見せたくなかったんだ。な、頼む。こうして時々顔を見せるだけにしてくれ」

「でも……奥さんがずっとついてるんでしょ」

「あいつはこういうことに慣れてる。——な、沙織。今は言う通りにしてくれ」

沙織の気持は、沢田にも分っていた。

入院した沢田の身の回りの世話を妻の弓子がすることで、沢田を奪われそうな気がしているのだろう。

「——分ったわ」

と、沙織は気丈に背筋を伸して、「でも、時々見舞には来るわ。止めてもむだよ」

「分った」

と、沢田が肯く。

病室のドアのノブが回った。

そのとたん、沙織は沢田の上に身をかがめて、唇を重ねた。

「お父さん、今ね――」

入って来たのは加奈子と弓子だった。

沙織はむろん分っていたが、キスし続けていた。

加奈子が硬い表情で見ている。

沙織はやっと体を起し、

「また来るわね」

と言うと、加奈子たちの方を見た。

「わざわざどうも」

弓子が小さく会釈する。

「いいえ」

沙織は微笑んで「この人のこと、よろしく」

「ご心配なく」

沙織は、弓子がわきへ退くと、足早に病室を出た。

「じゃ、これで……」

加奈子が、少し間を置いて病室を出た。

「加奈子――」

と、母の声がしたが、構わなかった。

エレベーターの前で足を止めた沙織へ追いつくと、

「母の前で、あんなことしないで！」

と、加奈子は叩きつけるように言った。

「勘違いしないで」

と、沙織は言い返した。「私があなたのお父さんを奪ったわけじゃないわ。お父さんが私に言い寄ったのよ。そして今は、私のお腹に、あなたの弟か妹がいるのよ」

加奈子はじっと沙織をにらみつけていたが、言い返す言葉はなかった。――少なくとも、沙織の言うことは事実なのだろうから。

エレベーターの扉が開き、

「それじゃ」

と、沙織は加奈子へ会釈して見せると、エレベーターへと姿を消した。

加奈子はしばらくの間、その場に立って動かなかった。

20　来週へ

「あ、どうも」

早苗は、マンションのロビーで、顔見知りの奥さんと出会って、にこやかに会釈した。

その奥さんは、ロビーに置かれたソファの所で、来客と話をしていた。

早苗はすぐ近くのコンビニで買物して帰ったところである。――このところ、早苗は元気だった。

自分からこうして外出して歩く。そんなことは珍しかった。

マンションのエレベーターの所まで来ると、

「あ、すみません」

と、作業服を着た男が言った。「今、エレベーターを点検中なんです。上の方でなけりゃ、階段で行っていただけますか」

「あら、そうなの？　いいわよ」

早苗は他人にも寛大になっている自分を感じていた。

「奥さん、何階ですか？」

「三階。〈３０１〉なの」

「じゃ、階段使っていただいてもいいですか？」

「ええ、もちろん」

と言った早苗だったが、階段を使うには一旦ロビーへ戻って、別のドアから出なくてはならない。

さっきの奥さんとまた顔を合わせたら、向うがどう思うかしら？

早苗はロビーの方へ戻って行ったが、まだあの奥さんがいるかどうか、そっと覗いてみた。

「――三階なのよ、あの人」

という声が聞こえる。

大きな声で話しているわけじゃないのだが、ロビーは声が響く。

「やっぱりね」

と、もう一人が肯いて、「どこか変だな、と思ったわ」

「まあ、普通にしてるけどね、いつもは。でも、時々は病院に入ってるの」

私のことかしら、あれ？――「どこか変」だなんて！　失礼だわ。

「ご主人は？」

「いないの。亡くなったみたいね」

「じゃ、今は――」

「娘さんと二人。娘さんはスーパーでレジ打ってるんですって」

何を勘違いしてるのかしら？　由紀子は記者なんですよ。

早苗は、よっぽど出て行って訂正してやろうかと思った。

「――でも、その娘さんのお給料で暮してるの？　ここの家賃、高いでしょ」

「それがね――」

と、ちょっと笑って、「あの奥さん、何も知らないけど、娘さんはね、自分の勤めてるスーパーの社長の『彼女』になってるの」

「へえ！　いくつくらいの子？」

「二十歳そこそこじゃない。可愛いのよ、確かに」

「じゃ、その社長さんがお金を出してるわけね」

「もちろん、そうでしょ。今の子は平気なのね。楽してお金になるんだもの」

「私たちじゃ無理か」

「そうね」

二人が一緒に笑った。

何の話？　何のこと？

スーパーのレジ。社長の愛人……。

あれは由紀子のことじゃないわ。もちろんよ！

「しかもね、その社長さんていう人、このマンションの一部屋借りてるの」

「へえ、どうして？」

「時間があると寄ってくんでしょ。母親に知られないようにしてるから。ここの五階の一部屋を借りてるの。——どこだっけな」

わざわざ立って行って、郵便受を見ると、

「やっぱり、そう。〈５０５〉の名札の入ってないのが、その社長のマンションなのよ」

「へぇ。それじゃ——」

「社長が来ると、娘が上へ行くってわけ。母親は何も知らずにね」

「よく知ってるわね」

「そりゃ、何となく見られるじゃない。どうしたって分るわよ」

「知らぬは母親ばかり、か」

「ま、幸せと言えば幸せよね」

——二人の話は、別の話題に移った。

「奥さん」

と、呼びかけられて、早苗はギクリとした。

「待ってたんですか」

エレベーターの点検をしていた男だ。「もういいですよ。動きます。どうぞ」

「ありがとう……」

早苗は、気が付かない内にエレベーターに乗り、〈301〉に入って、一人、ソファに座っていた。

そして、――どれくらいたっただろう。

真暗な部屋に戸惑いながら、由紀子が入って来た。

明りをつけて、ソファに母を見てびっくりした。「――お母さん！　ああ、心臓が止るかと思った！」

「お母さん？」

「心臓が……。そうね、止るといいんだけどね」

「え？」

「何でもないよ。少しウトウトしててね」

と、早苗は言った。「今何時だい？」

「八時。――ね、今日臨時ボーナスが出たの。どこかへおいしいもの食べに行かない？」

早苗は、ちょっとふしぎな目で娘を見つめた。

「どうしたの？」

「――何でもないの」

と、早苗は首を振って、「そうね、おいしいお刺身が食べたいわ」

「じゃ、どこかホテルの日本料理のお店に行こう」

「でも、高いよ」

「大丈夫！　臨時の収入だもん。パーッと使おう！　ね、コート着た方がいいよ」

「そうだね。少し明るい色の？」

「そうそう。――じゃ、私、トイレに行ってる」

由紀子は、洗面所で顔を洗った。

濡れた顔を鏡に映す。――少しも笑っていなかった。

使ってしまいたい。――寺田がくれた金だ。

寺田は、由紀子が「妊娠したかも」と言ったのを、すっかり本当のことと取って、上機嫌である。

このところ、由紀子はほとんどスーパーへ出ていない。

「立ちづめの仕事は良くない」

などと寺田が気をつかってくれているのである。

もちろん、由紀子を抱きもするが、無茶はしないで、「大丈夫か?」とひどく心配してくれる。

「まだ分んないのよ」

と言うのだが、寺田は、

「いや、きっとできてる。俺には分る」

などと言う。

恐ろしいのは、由紀子自身、直感的にそう思っていることだった。

——どうしよう?

もし本当に妊娠していたら?

このマンションを出るわけにいかない。

寺田の世話になるとしても、子供が生まれたりしたら……。母に隠しておけない。

だが、この暮しを続けていくには、そうするしかないのだ……。

「——由紀子?」

「今行く!」

由紀子は明るく言ってタオルで顔を拭(ぬぐ)った。

二人はタクシーで都心のホテルへと向った。

「――由紀子、卒業旅行はいつだっけ」

と、タクシーの中で、早苗が訊く。

「え？　来週よ。――どうして？」

「ううん。天気がいいといいね」

と、早苗は言った。

「さ、何を食べようかな……」

と、由紀子は伸びをした。


「――もしもし」

家にいた加奈子は、電話に出た。

「もしもし、加奈子？　かおるよ」

「かおる！　良かった！」

「ごめんね。連絡しないで」

「本当だよ！　来週旅行だっていうのに、連絡ないから……。行けるんでしょ？」

「うん、もちろん」

「じゃ、予定を言うね。メモして」

「集合時間だけでいいよ。色んなこと聞いても忘れちゃう」

「そう？」

加奈子は、時間と場所を伝えると、

「――それより、父のこと、助けてくれてありがとう」

と言ったのだった。

考えてみれば、かおるが父と偶然空港で一緒になったというのも、ふしぎな話だ。

「ああ、あのこと？」

と、かおるが言った。「どう、お父さん、その後？」

「入院してるけど、一応命には別状ないって。でも、かおるが見つけてくれなかったら、どうなってたか……」

「偶然よ。社宅にいるとき、ずいぶん可愛がってもらったし」

「そうかな……」

父のことを恨んでも当然なのに、かおるはあくまで明るい。加奈子は却って胸が痛んだ。

「ね、かおる、お父さんは今どうしてらっしゃるの？」

「うちの父？　うん……。ちょっと車で事故に遭ってね」

「え？」

「でも大丈夫なの。ま、昔ほどの元気はないけどさ」

「そう……。あのね——怒らないで聞いて」

と、加奈子は言った。

「うん、何なの？」

「父が——申しわけないって言ってるの。あなたのお父さんにも、いい仕事を見付けたいって。今さら何を、って叱られるだろうけど……」

「どうして叱るの？　ありがとう。もしそうなったら、父も助かるわ」

「そう？　じゃ、きっとね！　ね、今の住所とか、教えてくれない？　何か仕事のことで連絡する必要があるかも」

「うん……。でも、少し待って」

と、かおるは口ごもって、「もうすぐ……引越すかもしれないの。旅行のとき、ちゃんと教える」

「分った。約束ね」

「うん」

「じゃあ……楽しみにしてる」

「私もよ！」

かおるは楽しげに言って電話を切った。

加奈子は急に体が宙を舞いそうに軽くなって、いい加減なバレエを踊りながら居間を出て行った……。

森下恵子は、夜十二時過ぎ、マンションへ帰って来た。

映画を見て、食事して、一杯飲んで……。

こんな時間になるのはいつものことだ。

電話もケータイに転送してあるから、親にもどこにいるか分らない。

親は娘の一人暮しを心配して、女子学生専用マンションを借りようとした。

恵子は「いやだ！」と言い張ったのである。

そういうマンションは、「安全第一」なので夜遅く帰るとか、男の子を連れて来るなんてわけにいかない。

親は渋い顔をしたが、根負けして、今の普通のマンションに入ることを許したのである。

夜遊びもできないんじゃ、何のための大学よ。

親の嘆きそうなことを考えながら、恵子は自分の部屋のドアの鍵をあけた。

ドアを開けたとき、

「やあ」

と、声がした。

廊下の奥の方にいたらしい。いつの間にか、すぐ目の前に立っていた。

「今晩は」

と、奥村一朗が言った。

「――どうも」

恵子の笑みは引きつっていた。

「ちょっと話したいことがあって待ってたんだ」

と、奥村は微笑んで、「ちょっと入れてもらってもいい？」

逃げるわけにもいかない。ドアを開けてしまっている。拒めなかった。

「――どうぞ」

と、恵子は言って、「あの――ちょっと待っててくれる？　散らかってるから」

「そんなことといいよ」

奥村は恵子を押し込むようにして、自分も中へ入り、ドアを閉めると、ロックして、

「戸締りが大事だからね」

と言った。「――きれいになってるじゃないか」

恵子は、初めて「女子学生専用マンション」に入っておけば良かった、と思った。

でも、もう遅い。

「お話って？」

と、恵子は訊いた。

「急ぐことないよ。ゆっくり話そう」

奥村は言った。「夜はまだ長いよ」

21 旅行

「じゃ、行ってくるね」

と、加奈子はバッグを手に立ち上った。

「みんなによろしくな」

沢田はベッドから手を振った。

弓子が、

「下まで送ってくるわ」

と、一緒に病室を出て行く。

沢田は、娘たちだけでも、かつての仲間同士のままでいてくれるのがありがたかった。

電話が鳴って、出ると、

「伊地知です」

「ああ、どうした？」

「やっと分りましたよ。南村のことです」

「そうか。ご苦労。——で、今はどこにいるって？」

「それが——住所不定ということなんです。全く働いてもいなくて」

「じゃ、娘とは？」

「一緒じゃないようです。本人は今、ホームレスのための施設にいるそうです」

沢田は絶句した。

「——伊地知。すまないが……」

「私が行きましょう。そう遠くありませんから」

「すまん。よろしく頼む」

「会ったら、何と？」

「ともかく、ここへ電話を入れてくれ。話したいんだ」

「分りました」

——沢田は電話を切ると、天井を見上げてため息をついた。

人生というのは、何と残酷なものか。

たった一歩の違いが、すべてを狂わせてしまう。

南村も、妻を亡くした事故さえなかったら、もともと逞しい男だ。どこかで会社ぐらい始めていたかもしれない。

それが——どういう事故だったのか、ブレーキの何分の一秒の遅れか、ハンドルを切るときのわずかのためらいか、それが、妻を死なせ、その辛さが無為の暮しへと南村を追いやったのだろう。

そして、娘のかおるは——今は何をして暮しているのか、知るのも怖いようだ。

だが、あの明るさは、加奈子の前でも少しも変らないらしい。それはわずかな光だった……。

弓子が戻って来た。

「行ったわ」

「そうか」

「何だか……」

と言いかけて、弓子が笑った。

「何だ？」

「いえ、今、加奈子が出かけてくのを見送ってね、何となく、あの子が結婚してハネムーンに出かけていくのを送り出してるような気がしたの」

「ハネムーンか……」

と、沢田は笑った。

「もうあの子も二十二なのね」

と、弓子は椅子にかけて、「あと四、五年の内には結婚して……」

「分らんぞ。一生独りかもしれんし、来週結婚すると言い出すかもしれん」

「そうね。――大して違いはないのよね、何十年も一緒に過す中では」

と、弓子は言った。「あなた」

「何だ」

「沙織さんとは――どうするの」

沢田は少し黙っていたが、

「子供は認知する。確かに俺の子だし」

「ええ、それは分ってるわ」

「沙織はそれだけでいいと言ってる」

「でも……子供が生まれたら、父親がいつもそばにいてくれたらと思うものよ。――でも、お願いね、再婚するなら、私が死んでからにして」

「弓子……」

「私はそう長生きしないわ」

「どうして分る？　俺の方が、現にこうして寝込んでるのに」

「それはそうだけど……」

「お前の方が長生きする。保証するよ」

「いい加減なこと言って」

と、弓子は苦笑した。「――何か欲しいもの、ありますか？　喉がかわいた？」

「うん。――冷たいお茶をくれ」

正に、沢田はお茶が飲みたかったのだ。

それを自覚する前に、弓子はちゃんと分ってしまう。

沢田は、もし沙織が身ごもっていなかったら、この入院で、きっと別れる決心をしていただろうと思った。

身勝手か？――それはその通りだが。

「行って来ます」

と、伊地知友江は母親へ声をかけて玄関を出た。

母、ルリ子は、急いで玄関へ出ると、サンダルをはいて、ドアを開け、

「友江、泊る所は？」

と、声をかけた。

「あ、忘れた！」

と、友江は振り返って、「でも、知らないんだ、どこだか」

「もう……」

と、ルリ子はため息をついて、「じゃ、着いたら電話して」

「うん、分った」

友江は、ちょっと手を振って、「じゃ、行ってくる！」

「はい……」

どうせ、電話なんかして来ないのだ。

もちろん、もう二十二は大人だと言う人もあるだろう。一人ではないし、特に沢田の娘と一緒だ。

ルリ子としては心配の必要もないのだろうが……。

それでも性格というもので、ルリ子はいつでも娘がどこに行ってるか知らないと不安でならないのである。

玄関から上ると、電話が鳴っていた。

「――はい、伊地知でございます」

「友江さんはおいでですか」

男の人だ。若くはない感じである。

「今おりませんが。どちら様ですか」

「警察の者です」

「は？」

ルリ子はびっくりして心臓が止りそうになった。

「いや、突然で申しわけありません。お母さんですか」

「そうです」

「実は先日、友江さんの通っている大学で、先生が殺されるという事件がありまして。ご存知ですか」

「聞いております」

「友江さんがその先生の授業を取っておられたというので、ちょっと話を伺ったんです」

「そうでしたか」

「今日お電話したのは、そのとき友江さんと一緒にいた女子学生が昨日、やはり殺されて発見されたんです」

「まあ」

「森下恵子という子ですが、ご存知でしょうか」

「いえ、憶えがありません」

「そうですか。いや、友江さんはまだご存知ないと思ったので、一応お知らせしておこうと思いまして」

「わざわざどうも……。娘は今日から旅行に出ておりまして」

「そうですか。ではお帰りになったら、一応今のことをお伝え下さい。私は――」

「かしこまりました。わざわざ……」

――ルリ子は電話を切って、刑事の名前はメモしたが、殺されたという女子学生の名を忘れてしまったことに気付いた。

「何だっけ……。森……森田？　いえ、違うわ」

肩をすくめて、「いいわ、別に、そんないやなこと」

と呟くと、ルリ子はメモを電話の下へ置いて、そのまま忘れてしまった……。


「本当だってば」

と、足立由紀子はくり返した。「男と一緒じゃないわ。女の子同士、四人組よ」

「怪しいもんだな」

と、寺田良介はコーヒーを飲みながら言った。

「信用ないのね」

「そういうわけじゃないが……。今は大切な体なんだ。無理をするなよ」

「はい」

素直に、可愛い愛人の役を演じておけばいい。

由紀子は、寺田の前でそういう役を演じるのに慣れて来た。

特に、由紀子が妊娠したかもしれないと知った寺田が急にやさしくなって、甘えてみせると喜ぶのだ。しばしばこづかいもくれて、その分、母においしいものを食べさせたりしている。

「——さて、俺はもう行く」

と、寺田が言った。「毎晩電話しろ」

「はい」

由紀子は、今までしたことのないことを、ためしてみた。「——旅行のおこづかい、ちょうだい」

と、手を出したのである。

寺田は、ちょっとびっくりした様子だったが、嬉しそうに笑うと、札入れを取り出したのだった。

「わあ、懐しい！」

寝台車に乗り込んで、ズラッと並んだ寝台を見ると、かおるが声を上げた。

「懐しい、って、かおる、おじさんみたいなこと言ってる」

と、加奈子は笑った。「朝早い列車で行くより、この方が楽かな、と思って」

「私、寝台車って初めてだ」

と、友江が言った。

「え、本当？　修学旅行とかで使わなかったっけ？」

「私、乗ったことない。――上？　下？」

「どっちでもいいよ。その左右の四つだから。四人で好きなように乗ろう」

――少し値段は高いが、〈A寝台〉にしたので、細い通路を挟んで左右に二段ずつ、寝台の幅も割合に広い。

「下の方が少し高いのよ」

と、加奈子が言った。

「でも、私、上！」

と、かおるが真先に言った。「この小さなはしごを上って行くのが寝台の面白さよ」

「じゃ、私も上に行こう」

と、友江が言った。「上れるかなあ」

「大丈夫よ」

「それより、落っこちないか心配」

と、かおるが言ったので、友江は本気で、

「ね、落ちること、あるの？」

と、かおるに訊く。

「心配ないわよ。たまにしかないから」

「かおるったら、それじゃますます怯えちゃってるじゃない」

と、加奈子が笑う。「あれ？　由紀子はどこ？」

「売店に寄ってたよ」

と、友江が言うと、「あ、来た」

「ごめん！」

由紀子は大きな袋を下げていた。「これ、お弁当。寝台で食べよう。この列車、何も売りに来ないって言ってたから」

「由紀子。悪いわね」

と、加奈子が言った。「いくらのお弁当？」

「いいの。出がけにこづかいもらって来たから。交通費も旅館も加奈子に持ってもらってるんだもの。これぐらいしなきゃ」

加奈子は大きな袋を受け取って、

「ありがとう、いただくわ。――わ、重い！」

「私、かおるの下に寝るわ」

と、由紀子が言った。

「じゃ、こっちは上が友江、下が私」

　加奈子は、自分の旅行用のバッグを、寝台に置いた。

　——出発前の少し高揚した気分に四人とも捉えられているようで、そのはしゃぎ方は、同じK女子大へ入ったばかりの一年生のころのようだった……。

　——騒いでいると、時のたつのは早い。

　やっと、各々が各寝台に荷物を置いてホッとすると、とたんに列車がガクンと揺れて動き出した。

「え？　もう動いちゃったんだ」

　と、由紀子が窓から外を見た。

　夜のネオンサインが遠くに見える。

「ね、みんなで下の段に座ってお弁当食べない？」

　と、加奈子が言った。

「いいね。修学旅行の気分だなあ、正に」

　と、友江が言った。

「ちょっと！　どうやって下りるの？」

　上の段から顔を出したかおるが言った。「上ったはいいけど、下りられない！」

　小さなはしごを下りるのに、かおるが大騒ぎして、何とか四人、左右の下の段に二人ずつ腰をかけて、お弁当の包みを開ける。

「いただきます！」

真先に弁当のふたを開けたのも、かおるだった。

「おい、彼女は？」

一人で喫茶店にいた村越喜男は、友だちからそう声をかけられ、

「旅行だよ」

と答えた。

ちょっと一人でいると、すぐに、

「振られた」

「別れた」

ということになってしまう。

TVの芸能ニュースの見過ぎじゃないのか？

足立由紀子も、沢田加奈子も、一緒に旅に出ている。「卒業旅行」。――それも加奈子に言わせれば「幻の卒業旅行」なのだ。

四人の仲間の内、二人は大学を辞めているからである。

村越は詳しい話を聞いていないが、加奈子がこの旅を心から喜んでいたことは確かである。

どこだか温泉に行くと言ってたな。名前は忘れちゃったけど……。

今夜の夜行で発つとか。――もう出発したのかな。

「失礼」

と、声をかけて来たのは、おかしいぐらい、TVドラマの刑事みたいな格好をしたコート姿の男。

「はあ」

「村越さん？」

「そうですが」

「警察の者です」

まさか！――村越は啞然とした。

「どうかしましたか？」

「いえ、別に……。村越ですけど、何かご用ですか？」

「ちょっと失礼」

と、刑事は腰をおろして、「大学の友だちで、奥村一朗という人を……」

「ええ、知ってます。奥村がどうかしましたか」

「今、どこにいるかご存知ですか？」

「さあ……。自分のアパートにいないんですか？」

「ええ。中へ入って調べましたが、どこへ行ったか、見当がつかない。同じアパートの人が、夕方、旅行へ出るようなバッグをさげて出て行くのを見たということなんですが」

村越は戸惑って、

「奥村が何かやったんですか?」

「このところ、六、七歳の女の子が何人か殺されてる事件でね。ちょっと話を聞きたいと思ってましてして」

村越は耳を疑った。

「奥村が――やったと?」

「可能性はあります。そのためにも――」

「そうか。――一度、すぐ近くの公園で、女の子が殺されて……。あのとき、奥村もいた」

刑事は淡々と、

「もう一つ、K女子大の学生で、森下恵子という子が自分の部屋で殺されたんです。奥村と知り合いだったそうで」

「まさか……。確かに、ちょっと変った奴ですが、悪い奴では――」

「連絡先など、ご存知ありませんか」

「いえ、さっぱり……。あんまり友だちのいない奴ですから」

「そうですか。——もし、連絡が入ったら、ご一報下さい」

「分りました……」

電話番号のメモをもらった。

「——奥村が？」

と、刑事が帰って行くと、村越は息をついた。「まさか！」

しかし——もし本当に殺人犯だったとしたら？

そのとき、村越は、刑事の話で、奥村が旅行へ出る格好で出かけたと言っていたのを思い出した。

「奥村……」

もしかして、加奈子たちの旅行に——。

村越は立ち上がった。

22　温泉

揺れている。

ベッドが？――どうして？

加奈子は目を開けて、自分が寝台車に乗っているのだということを思い出した。

寝ている頭のすぐわきの小窓をそっと開けると、外はもう明るい。

腕時計を見ると、もう少しで六時になるところだった。

「眠った……」

――なかなか寝つけなくて、朝まで起きてるのかな、と思っている内に、いつしか眠っていた。

途中で目が覚めることもなかった。

加奈子は起き上って、カーテンを開け、通路へと下りた。

どうやら他の三人はまだ眠っているようで、動く気配はなかった。

加奈子はタオルを出して、足音をたてないように通路を歩いて行った。

扉を開けて、トイレと洗面台のあるデッキへと出る。

小さく仕切られた洗面台で、水を出すと両手にためて、顔を洗った。

まだ到着まで時間はあるが、また眠ってしまうと寝過してしまいそうだ。それなら、もう起きてしまおう、と思った。

顔を洗って、息をつきながら鏡を見ると――誰かが背後に立っているのが見えた。

「キャッ！」

と思わず声を上げると、その誰かは素早く駆け出して行って、反対側の車両へ入って行ってしまった。

急いでタオルで顔を拭く。

今のは――何だろう？

「おはよう」

と、声がして、かおるがタオルを肩にかけてやって来た。

「かおる。早いね」

「早起きなの、最近は」

と、かおるは言った。「今、何か声を上げた？」

「うん……。顔洗ってたら、誰かが後ろに立ってて……。びっくりしたの」

「誰が？」

「分らない。男だったと思うけど……」

「順番待ってたわけじゃないわ。他の所、全部空いてるし」

「うん……。それに、体が触れそうなくらいすぐ後ろに立ってたの。――いやだわ」

「変なのがいるから、今は」

と、かおるは首を振って、「戻ってれば？　私なら平気。お尻にでも触られたら、ぶっとばしてやるわ」

「かおるったら……。じゃ、お先に」

「うん」

かおるは、洗面台へ向って、「――加奈子」

「何？」

「朝ご飯、どこで食べるの？」

と、かおるは訊いた。


朝だけでなく、昼もしっかりと食べて、四人は温泉町の雰囲気をたっぷり味わって、夕方、旅館へ入った。

何といっても都会っ子たちである。日本旅館ではあるが、中の作りはかなり「ホテル」風だった。

でも部屋は日本間。

「広い！」

と、かおるが、まだ真新しい畳の匂う部屋へ入って両手を広げた。

「布団で寝るか。――久しぶりだなあ」

と、友江はバッグを置いて、「私、早速ひと風呂浴びて来よう。みんな行く？」

「行くわ」

と、由紀子が手を上げる。

「私、後から行く」

加奈子はコートを脱いでハンガーにかけながら、「食事のこととか、旅館の人と話しておきたいの。何時にする？」

「六時……七時かな。どう？」

と、由紀子がバッグを開けながら言った。

「うん、いいよ」

友江は肯いて、「かおるがもつかな」

「それまでに三回お風呂へ入って、お腹空かそう」

と、かおるはラジオ体操もどきを始めた。

――結局、友江と由紀子が先にタオルを手にして大浴場へと出かけて行った。

「かおる、行かないの?」

加奈子は、かおるが窓からぼんやりと紅葉した山を見上げているのを見て言った。

「少し、この雰囲気に浸っていたい」

と、かおるは言った。「荷物もあるし、私いるから、加奈子、入っておいでよ」

「うん……。じゃ、お先に」

加奈子は、タオルを手に、部屋を出た。部屋は二階、階段を下りて行く。

一旦、フロントに寄って、夕食の料理について、確認した。

「では、特別料理を追加するということで……」

「よろしく」

と、加奈子は言って、「大浴場は——」

「この先の階段を下りられて下さい」

「分りました。どうも」

加奈子は、予め旅館に特別な料理を出してくれるように頼んでおいたのである。

——この旅行が、たぶん四人で来られる最後になるだろう。

小さなことでも、せめて罪滅ぼしをしたかったのかもしれない。

大浴場への矢印に従って階段を地下へ下りて行くと、女湯の戸が開いて、浴衣姿の友江と由紀子が出て来た。

「あら、早いのね。もう出たの？」

「サッと入って、回数を多くっていうのが温泉の通よ」

と、友江が言った。「かおるは？」

「部屋で荷物を見てるって。代ってあげて」

「分った」

友江と由紀子が部屋へ戻って行く。

地階は寒い。――この寒さが、温泉の良さをいっそう引き立てるのだろう。

加奈子は戸を開けた。

脱衣所には誰もいない。休日でもないから、客も少ないのだろう。

加奈子は、棚からかごを取ると、足下に置いて服を脱ぎ始めた。

寒いので、いやでも手早くなる。すっかり裸になって、タオルを手に取ったとき、
戸の開く音がして――。

「加奈子君！」

呼ばれて振り返った加奈子は、村越が顔を覗(のぞ)かせているのを見て、一瞬幻かと思った。

「――村越さん？」

「加奈子君、出て来てくれ！」

そう言われてから、やっと自分の状況に気付いた。

「見ないで！」

と、タオルをあわてて前に当てる。

「大切な話なんだ！」

村越は顔を引っ込めると、「出て来てくれ！　頼む！」

「分ったわ！　すぐ——すぐ行くから出てて」

加奈子はあわてて服を着ると、戸を開けて出た。

「——村越さん、どうしてここに？」

「捜したよ！　温泉の名前は辛うじて思い出したんだけど、旅館がどこか分らない。片っ端から、女子大生の四人連れ、と訊いて回って、やっと見付けた」

「どういうこと？」

村越は息をついて、

「ここは寒い。フロントの所へ上ろう」

と促した。

「——かおる、入っておいでよ」

と、友江が言った。

「うん……。じゃ、行こうかな」

かおるはタオルを手にして出て行こうとした。

「かおる、大浴場の前が寒いよ。何かはおっていけば？」

と、由紀子が声をかける。

「大丈夫よ」

「私のセーター、肩にかけていきな」

と、友江が言って、赤いセーターを放り投げた。「肩が冷えないだけで、ずいぶん違うよ」

「ありがとう」

かおるは、友江のセーターを、袖を通さずに肩へかけ、部屋を出た。

「——奥村さんって、あの人？」

と、加奈子が目を見開いた。

「そうなんだ。確かあいつ、伊地知友江君と付合ってただろ。もしかして、ここまでついて来てるかも……」

「まさか！」

と言って、加奈子は朝の洗面台で誰かが後ろに立っていたことを思い出した。

もしかすると、あれがそうだったのか？

「でも、どうして……」

と、加奈子は言いかけて、「部屋へ行きましょう、友江に話さなくちゃ」

二人は階段へと急いだ。

――土産物売場の奥を眺めていたかおるは、加奈子と村越が通り過ぎると、売店から出て来て、大浴場へと向った。

「奥村君が……」

話を聞いて、友江の顔から血の気がひいていく。

「友江、この旅行のこと、しゃべった？」

と、加奈子は訊いた。

「うん……。温泉の名前も言ったと思う」

友江がゆっくり肯く。

「もし、加奈子君の見たのが奥村なら、きっと君らをずっと尾けてたんだろう。この旅館だということも……」

「じゃあ、ここに泊ってる？」

加奈子の言葉に、村越は、

「訊いてみよう。男一人だ。目立つと思うよ」

と言った。「下のフロントへ行ってみる」

「私も行くわ」

何となく、残るのは不安だった。

友江も由紀子も、一緒に部屋を出ると、階段を下りて行く。

「――奥村は友江君を狙（ねら）ってるんだろう。しかし、もし本当に小さな子供や大学の助教授まで殺してるとしたら、何をするか分らない」

「私が……三邦のことを言ったせいだわ」

と、友江は声を震わせた。「まさか、こんなことが……」

「分ってるわよ。友江のせいじゃないわ」

と、由紀子が友江の肩を抱いて言った。

四人がフロントの所まで来たとき、甲高（かんだか）い女の悲鳴が聞こえて、足を止めた。

「誰か来て！」

女性客が一人、地下から駆け上って来た。

「男が刃物を――一人、刺されたわ！」

四人が立ちすくむ。

「――かおる？」

と、加奈子が言った。

「私のセーターをはおって行ったわ！」

と、友江は息をのんだ。

かおるが現われた。ブラウスが血にまみれ、「逃げて！」

と、叫んだ。「早く！」

かおるがよろけて倒れる。

「奥村……」

ナイフを手に、返り血を浴びた奥村が上って来た。

「邪魔したら、皆殺しだ」

と、奥村は血走った目で、四人を見据えた。

「ワーッ！」

奥村がナイフを振り回して進んで来る。

「逃げろ！」

廊下を奥へ行くしかなかった。

「――おい、何だ！」

旅館の男が出て来ると、目を丸くした。「貴様――」

男の腹に奥村のナイフが呑み込まれ、血がほとばしる。

「見ろ！」

奥村が左手でライターを取り出すと、フロントの傍のカーテンに火をつけた。たちまち炎が上る。

「一緒に死ね！　みんな一緒だ！」

奥村が喚（わめ）いて、加奈子たちの後を追った。

「誰か！　火事よ！」

と、叫び声が上る。

火は木造の内装を見る見る内に駆け上って行った。

沢田は、夢を見ていた。

あの社宅で、みんなまだ仲が良かったころそのままに、日曜日の午後、夫たちが公園でしゃべっているところ。

砂場では、小さい加奈子や由紀子たちが遊んでいる。

「どうしてかなあ」

と、沢田が言った。「どうして時間は戻らないんだろう」

「若返りたいか、本当に？」

と、南村が言った。「俺はいやだ」

「どうして?」

「また何十年分も苦労するのか? 一度で沢山だ」

南村は見る見る髪が白くなった。

「南村!――許してくれ!」

と、沢田はおののいた。

「許してやってもいい。だけど、俺の髪を元に戻してくれ」

と、南村は言った。「元の通り、真黒に。元の通り……」

「許してくれ!――許してくれ!」

と、沢田は手を合せて拝(おが)んだ。

「どうしたの?」

幼い加奈子が、ふしぎそうな顔で、父親を見上げている……。

「――あなた!」

揺さぶられて、目をさます。

「弓子か……」

「お電話よ。伊地知さんから」

「――そうか」

沢田は受話器を受け取った。「もしもし」

「沢田さん。伊地知です」

「やあ、ご苦労さん」

「今、南村と一緒です」

目がすっかりさめた。

「見付けたのか！」

「ええ。いくつも施設を訪ね歩いて。ですが……」

「どうした？」

「妙な話なんです。——直接、話して下さい」

「何のことだ？——もしもし？」

「沢田さんか」

かすれた、弱々しい声、これが南村か？

「南村……君か」

「よせよせ。『南村』でいい」

と、笑った。

その笑い声に面影がある。

「大変だったたな」

「人生、色んなことがあるさ」

と、南村は言った。「俺に仕事を世話してくれるって？」

「ああ、ぜひそうさせてくれ」

「悪いが……もうそんな気にゃなれん。俺一人、ここで死ぬのを待ってる方が楽だ」

「一人って……何言ってるんだ！　かおるちゃんがいるじゃないか。俺は死にかけたところを、かおるちゃんに助けてもらったんだ。恩返しさせてくれ。奥さんのことは気の毒だったが、かおるちゃんと二人でやり直せばいいじゃないか」

少し間があって、

「命を助けたって？」

「うん、そうだ。心臓の発作を起したとき、通りかかって」

「馬鹿言わないでくれ」

と、南村は言った。

「どうしてだ？」

「沢田。――かおるは俺のために風俗の店で働いてた」

「知ってる」

「そこで、ヤクザの目に留ってな、関係を持たされたんだ。かおるは堪えられなくなって逃げ出した。それを、ヤクザが追いかけて見付けた」

「――どうしたんだ？」

「かおるは、そのヤクザに刺されて死んだよ」

「——何だって？」

「俺は、娘の死体を確認した。十何カ所も刺されていた。——あの子は死んだんだ」

と、南村は言って、声を殺して泣き出した……。


廊下に煙が満ちて来ていた。

「——村越さん！」

加奈子は叫んだ。

煙と火と、そして逃げまどう客たちの中で、みんなが離れ離れになってしまっていた。

今、自分がどこにいるのか、どっちへ行けば逃げられるのか、見当がつかない。

「加奈子！」

曲り角から、由紀子が現われた。

「由紀子、大丈夫？」

倒れかかる由紀子を抱き止めて、加奈子は息をのんだ。肩に切りつけられて、血が出ている。

そして——角を曲って、奥村が現われた。

「畜生！　友江はどこだ！」

と、喚いて、「いなきゃ、お前らが代りだ！」

ナイフはべっとりと血で濡れている。

「加奈子、逃げて……」

と、由紀子が言った。「私、もう逃げられない。置いて逃げて」

「馬鹿言わないで！」

加奈子は由紀子の前に立ちはだかると、「――さあ、刺せばいいわ！」

と、正面切って奥村をにらんだ。

「何だと？」

「怖くなんかないわよ！　刺せば？　その代り、かじりついて、食らいついて、一緒に焼け死ぬまで離れないからね！」

「言ったな！　泣きごと言っても聞かないぞ！」

ナイフを握り直して、奥村が進んで来る。

そのときだった。

突然、奥村の背後から、かおるがしがみついたのである。

「かおる！」

「逃げて！」

と、かおるが叫んだ。「こいつは任せて！」

「放せ！　畜生！」

奥村がもがくのを、かおるは押さえ込んでじりじりと後ずさった。

「早く行って！　火が回るわ！」

かおるがそう叫ぶと、白い煙が渦を巻いて押し寄せて来て、二人を包んでしまった。

「――かおる」

由紀子が傷を押さえて立ち上った。

「行こう」

「でも――」

「早く！　かおるの気持をむだにしないで！」

加奈子は由紀子を支えて駆け出した。

突然、ポカッと煙が切れて、旅館の玄関へ出ていた。

「良かった！」

友江と村越が駆けて来る。

「早くこっちへ！」

旅館から出て振り返ると、炎が建物をなめ尽くすように上の階へと這い上っていく。

「かおるは？」

と、友江が言った。

「あの傷じゃ助からなかったよ」

と、村越は言った。

「いいえ！　私と由紀子が危かったのを、助けてくれたのよ。奥村と一緒に煙に巻かれて……」

逃げ出した客を割って、消防士が駆けて来る。

「退（さ）がって！　離れて下さい！」

加奈子たちは、言われるままに後退した。

「――加奈子」

と、由紀子が言った。「ありがとう」

「そんなこと言って……。友だちじゃないの！」

と、加奈子は涙ぐんだ。

「いたた！　傷に触った！」

と、由紀子は悲鳴を上げた。「友だちなら、もう少し気を付けてよ！」

「ごめん！――すみません！　この子、けがしてるんです！」

「救急車がいますから、こっちへ」

と、消防士が促す。

「加奈子、一緒に来て」

と、由紀子は言った。「一人じゃ心細いわ」

「分った。ついてくわよ」

救急車へと急ぎながら、

「——加奈子、ごめんね」

と、由紀子が言った。

「いいのよ。私こそ」

お互い、なぜ謝っているのか、よく分っていなかった。

でも、それで良かったのだ。

ともかく二人は救急車に一緒に乗って、病院へと向ったのである……。

エピローグ

「ふしぎな話だ」

と、沢田は言った。

「ねえ……。かおるは、でも誰も恨んでなかったんだわ」

加奈子がベッドのそばの椅子にかけて言った。「みんなを助けて……消えて行った」

「友情はすばらしいな」

「うん」

「南村も、働く気になってくれた。妻子のことを、きちんと弔うと言っていたよ」

伊地知がドアを開けて入って来た。

「沢田さん……。焼跡から、奥村の死体だけが出たそうです」

「そうか……」

「私も告白することがあります」

と、伊地知は言った。「〈倉庫のネズミ〉は、もともと私がやったのです」

「君が？」

「出世したかったわけではなく、逆に、これで、出世への執着を断ち切ろうと思ったんです。ところが、犯人が次々に出て、私は何も言えなくなってしまったんです」

「——そうか」

「申しわけありません」

「いや……同罪だ、我々は」

と、沢田は言った。

「私にできるだけのことは……」

と、伊地知が顔を伏せる。

「二人でな。——一緒に、社長に話しに行こう。どうなっても、誰も恨まない」

「ええ」

加奈子は涙ぐんだ。——久しぶりに、お父さんらしいお父さんを見た、と思った。

「——沙織とは別れよう」

と、沢田は言った。「むろん、ちゃんと面倒はみる。子供のことも。しかし——女房のしてくれたことに、俺は何も報いていなかった」

加奈子は父の手を握って、しばらくそのまま放さなかった……。

「——ただいま」

由紀子は玄関を上った。「お母さん？」

台所から、

「お帰り」

と、母、早苗の顔が覗いた。「けがはどう？」

「うん。大したことない」

一応、左腕を肩から吊っている。「何してるの？」

「夕ご飯の仕度よ」

早苗が手ぎわ良くフライパンをいじっている。

由紀子が面食らっていると、

「何も知らなかったわ。馬鹿なお母さんを許してね」

「何のこと？」

「〈505〉号室のことよ」

「どうしてそれを——」

と、由紀子が絶句する。

「情なくてね、自分が。娘にそんなことまでさせて……。あんたが旅行へ行ってる間に、死のうと思った」

「え？」

「誰が止めてくれたと思う？　かおるちゃんよ」

「かおるが……」

「偶然訪ねて来たと言って。——私が死んだら、由紀子が一生自分を責めて暮す、と言ったわ。私、ハッとした」

早苗は微笑んで、「二人で働けば、何とかなるわ。——ね？　やってみましょう。こんな立派なマンションは出て、小さなアパートで充分」

「お母さん……」

由紀子は母親の背中に頰を寄せた。

「お母さんもまだ若いんだから。ねえ、そう思うでしょ？」

「うん。でも……」

「なに？」

「フライパン、こげてない？」

と、由紀子は言った。

本書は２００２年５月徳間文庫として刊行されたものの新装版です。なお、本作品はフィクションであり実在の個人・団体などとは一切関係がありません。

本書のコピー、スキャン、デジタル化等の無断複製は著作権法上での例外を除き禁じられています。本書を代行業者等の第三者に依頼してスキャンやデジタル化することは、たとえ個人や家庭内での利用であっても著作権法上一切認められておりません。

徳間文庫

卒業旅行

〈新装版〉

© Jirô Akagawa 2020

2020年11月15日 初刷

著者 赤川次郎（あかがわじろう）

発行者 小宮英行

発行所 株式会社徳間書店

東京都品川区上大崎三－一－一 〒141－8202
目黒セントラルスクエア

電話 編集〇三（五四〇三）四三四九
販売〇四九（二九三）五五二一

振替 〇〇一四〇－〇－四四三九二

印刷 大日本印刷株式会社
製本

ISBN978-4-19-894601-2 （乱丁、落丁本はお取りかえいたします）

徳間文庫の好評既刊

赤川次郎

危いハネムーン

新聞記者の浜中悠一は婚約して七年。ついに同僚の室田亜紀と結婚式を挙げる。昼も夜も関係ない記者から資料室へ異動も決まり、新生活を始めようと心に誓ったのだ。ところが、ハネムーンへ向かう飛行機内で自殺騒ぎが起こる。乗り合わせた浜中の遠縁の高校生村川昌子の活躍で事なきを得るが、その後も旅先で数々の事件に巻き込まれ……記者魂に火がついた？　ノンストップ傑作ミステリ！